Jungle

COLLECTION
DÉMARCHES

© Éditions Paulsen – Paris, 2016.

Les éditions Paulsen sont une société
du groupe Paulsen Media.
www.editionspaulsen.com

Miguel Bonnefoy

Jungle

Paulsen

Jungle

AU MOIS DE DÉCEMBRE 2014, *il m'a été permis de prendre part à une expédition au Venezuela, dans l'État de Bolívar, plus précisément dans la municipalité de la Gran Sabana, pour y écrire un livre. Il était question de gravir la montagne de l'Auyantepuy, de la traverser et de la redescendre en rappel par la gorge du Diable, où se situe la cascade la plus haute du monde, le Kerepakupai Venà. Nous avons vécu pendant quinze jours au milieu d'un paysage fait de torrents et de marécages, de bois serrés et pluvieux, dans la chaleur épaisse des forêts équatoriales. Nous étions quatorze hommes.*

Pendant les mois qui précédèrent le voyage, avec le guide vénézuélien et l'éditeur français, nous échangeâmes nos impressions et la promesse qu'elles nous faisaient. J'entendais le calendrier des jours à venir. La jungle fascinante et dangereuse palpitait déjà dans les syllabes de ces noms que j'essayais de retenir, Uruyén, Wayaraca, El Peñon, Dragon, Neblina, La Cueva. Avant le départ, je lus tout ce que je trouvais sur le sujet. Du vieux manuscrit jusqu'au traité de biodiversité, je m'enfermai dans des bibliothèques et des librairies, je rencontrai des archéologues et des géographes, des journalistes spécialisés dans les exploitations minières et des poètes de Ciudad Guayana. J'abattis le travail de plusieurs hommes pour dresser une monographie régionale de la Gran Sabana. Je dois confesser ici que, lorsque je posai le premier pied dans la jungle, je compris que mon effort avait été vain. Toutes les pages des bibliothèques ne peuvent rien devant l'architecture d'une fleur.

Ainsi, la montagne a sculpté ce livre. Il était là, au bord des précipices, au fond des lacs, au cœur des savanes. Il a fallu l'écrire comme on marche. Tout m'a été dicté. Nulle référence littéraire, nulle réécriture. Pas de noms latins, pas d'antiquités. Seulement la saveur de la terre première, rouge comme la papaye. Je n'ai rien eu à imaginer. J'ai essayé de lire dans le chemin de la forêt celui, caché, du récit. Les mots sont nés avec le vent qui taille les brèches, le nid du colibri, la langue de la pluie. J'ai voulu rendre la profondeur à ceux qui l'habitent de leurs racines et de leurs mystères.

Ce livre n'est pas celui d'un anthropologue, ni celui d'un historien. J'oserai même dire qu'il n'est pas celui d'un romancier, ni celui d'un aventurier. Ce livre est celui d'un homme qui, n'ayant pas encore dépassé les 30 ans, à l'aube de sa plume, a voulu raconter un voyage dans sa vérité. Je n'ai pas essayé de maquiller la fortune des événements. Je ne me suis proposé rien de plus que de raconter. Les pieds déchirés par des jours de marche, les bras écorchés, le corps couvert de piqûres de moustiques, j'ai éprouvé cependant la sensation confuse de me faire frère avec la terre. J'ai livré une bataille entre la fatigue et l'émerveillement. Aujourd'hui, c'est de cette rencontre que je souhaite faire le récit.

La Paragua

CIUDAD GUAYANA est une grande ville composée de deux petites villes, Puerto Ordaz et San Felix. Elles se dressent à la confluence des fleuves Orinoco et Caroni qui mêlent dans un même parfum l'odeur de la jungle avec celle de la savane. À l'embouchure, les eaux se joignent, sans se confondre. Une ligne naturelle à la surface les divise, donnant à l'Orinoco le teint brun des façades de Puerto Ordaz, et au Caroni le gris-noir des fontaines de San Felix. Ainsi, dans les veines de ces deux fleuves coule, sans relâche, le sang de ces deux villes.

À cent kilomètres en amont de l'Orinoco, une route mène jusqu'à La Paragua par un vaste terrain planté de chênes des garrigues. La route va droit vers le sud. Elle suit le courant du bassin pendant quelques kilomètres, puis dépasse le barrage de Guri où se produit toute l'électricité du pays. Des villages la longent, organisés en baraques rectangulaires, rangées les unes à la suite des autres. Parfois, une maison isolée apparaît au milieu du paysage. Ses murs sont en pisé ou en briques. Des fleurs poussent dans des seaux de peinture vides, alignés sur le seuil de la porte, et un garçon balaye soigneusement leur sol de terre battue. À l'intérieur, probablement, de la vaisselle en métal blanc, des portraits endimanchés, une odeur de sucre et de cannelle.

On nous installa dans une jeep cabossée. Sur le toit, nos sacs étaient entassés avec l'équipement de trekking et de rappel, couverts par une bâche orange. Je m'assis à côté de Pierre, le réalisateur, qui réglait son matériel de tournage. C'était un Français dans la quarantaine, maigre, aux cheveux raides, dont les lèvres minces se cachaient derrière une épaisse moustache.

Il avait été chargé de filmer l'expédition. Son sac contenait des appareils et des optiques, des filtres, des bombes antipoussière et des ceintures de piles. Il serrait dans ses mains un panneau solaire de dix watts, rectangulaire, pas plus grand qu'une planche à découper, avec lequel il rechargeait ses batteries. Grâce à cette invention, il avait gravi le sommet de l'Everest en accrochant son panneau sur le dos d'un yak, lourd et adroit, qui pouvait traverser des lignes de crêtes. À Bachtrian, il l'avait calé entre les bosses d'un chameau mongol. Il me parla d'un film sur la cordillère des Andes et du silence déchirant des déserts de Mauritanie.

— Tu vois, me dit-il. Moi aussi, j'ai une histoire à raconter.

Son enthousiasme me plut. Tandis que nous discutions, la jeep sautait à chaque fracture d'asphalte. Pierre sortit ses bras par la fenêtre et filma des plans de raccord. Nous traversions des champs de maïs où des femmes vendaient des melons et des pastèques sur des tables. À la lisière des bois, des petits autels avec une croix de pierre et une niche laissaient apparaître une vierge entourée de fleurs de papier. Les câbles électriques étaient couverts de cuscute. Dans une arrière-cour, assise sur des chaises en plastique, une famille causait à l'ombre d'un manguier.

Henry, le guide vénézuélien, assis à la place du copilote, se tourna brusquement vers nous et pointa l'arbre.

— Dans ce pays, un manguier est comme un membre de la famille, déclara-t-il en me faisant signe de traduire. Il n'est pas autochtone. Il est venu avec l'olive, l'orange et la datte, dans des bateaux chargés d'épices. Pourtant, aujourd'hui, c'est l'élément principal de l'alimentation vénézuélienne. Il représente notre identité nationale. Il est planté avec la maison, donne l'ombre pendant les saisons sèches et abrite pendant celles des pluies. On dit que l'écorce lutte contre le cholestérol et son jus contre le cancer. On pourrait écrire l'histoire du Venezuela en écrivant celle de la mangue.

Pierre filmait Henry et posait des questions. À la frontière des deux langues, je traduisais sans réfléchir, joignant l'espagnol et le français dans un même élan. À mesure que nous avancions, les villages se faisaient rares. La jeep moutonnait parfois un banc de terre où nous manquions de nous retourner. Au bout de deux heures, des dos-d'âne nous firent ralentir. Nous croisâmes des guérites de militaires et, une demi-heure plus tard, la Guardia Nacional nous ordonna de nous ranger au bord de la route.

Deux officiers sortirent lentement de leur tente, nous firent baisser les vitres et regardèrent à l'intérieur. Il n'y avait là que des hommes timides, tenant sur leurs genoux des passeports étrangers, dans un voyage à la rencontre de l'inconnu. Après un contrôle d'identité, ils demandèrent au conducteur d'ouvrir la bâche orange. Un cadet se coucha sur la route pour examiner le dessous de la voiture. Dans la jeep, je demandai à Henry ce qu'ils cherchaient.

— *Gasolina* [1], me dit-il.

Il m'expliqua que la Gran Sabana était éloignée de toutes les métropoles, isolée du reste du pays, si bien que tout ce qui touchait sa juridiction était soumis à la spéculation et à la fraude. Un litre d'essence à Canaima pouvait coûter cent fois plus cher qu'à Caracas.

— Comme le prix est plafonné dans la capitale, continua-t-il, certains en achètent en grande quantité pour le revendre dans les régions voisines au prix du marché étranger. Ici, tout se mesure au baril.

Lorsque nous arrivâmes à La Paragua, nous posâmes nos bagages dans un minuscule aéroport, construit sur les bords d'un fleuve, qui desservait toute l'industrie minière en ravitaillant les villages. Là aussi, derrière un hangar, des militaires éventraient des paquets de farine, ouvraient des valises et fouillaient des tonneaux

---

1. Essence.

à grains. Cela ressemblait davantage à un garage qu'à un aéroport. Les vestiges d'un moteur d'avion pourrissaient sous la chaleur, des chiens errants couraient entre les roues des camions, la carcasse d'une aile servait de table à un machiniste.

Assis au fond d'un réduit, une radio allumée à ses côtés, un homme en bras de chemise écoutait un match de la ligue nationale de baseball. Il examina nos passeports avec désinvolture. Son regard était distrait. Il nous désigna un biplan de six places, une avionnette Cessna 206, à ailes hautes, un modèle léger dont le vrombissement faisait trembler les hublots. Il n'y eut pas de plan de vol, pas de plateforme d'embarquement, pas de procédures de départ. On nous fit monter à bord, une hélice frontale s'enclencha et l'avion décolla, en grandes turbulences, coupant le ciel devant lui. Nous laissions derrière nous Ciudad Guayana, les manguiers et les contrôles douaniers, les enclos de chèvres et les maisons peintes. Nous pénétrions un autre monde, fait d'eau et de silence.

Pendant une heure, nous volâmes à l'est du fleuve Orinoco, vers l'entrée du parc national de Canaima. Depuis la fenêtre, je voyais s'étendre à nos pieds une végétation touffue, humide et plate, presque noire. Des couleuvres de rivières passaient entre pentes et escarpements. La flore était si dense que l'on trouvait, à quelques mètres à la ronde, des centaines d'espèces d'arbres différentes. La bouche de la géographie guyanaise s'ouvrait là-dessous, baignée d'une pluie constante, froide comme du verre.

La cabine de l'avion était minuscule. J'étais assis à côté de Marc, l'autre Français qui nous accompagnait, guide de montagne, promoteur d'aventures, qui avait été invité à juger des conditions du trekking pendant le voyage. Maigre, de taille moyenne, il portait un collier de barbe replète, noire et grise, qu'il n'avait pas coupé depuis vingt ans. Il avait mené une existence de bivouacs et de tentes, de randonnées et de campements. Malgré son âge, la jeunesse s'était attardée en lui. Son travail consistait à déchiffrer les routes cachées et à découvrir des voies d'accès.

Les turbulences de l'avion me firent sursauter. Marc avait l'air calme. Nous étions si chargés que nos affaires dissimulaient nos visages. Dans l'espace réduit, je ne voyais de lui que le haut de sa casquette. Je lui demandai de me parler des itinéraires de treks que nous survolions.

— Ici, peu de choses figurent sur une carte, répondit-il avec une ferveur adolescente.

Cette réponse me donna aussitôt la mesure de l'immensité. En dessous s'étendait un taillis ininterrompu de feuillages, un territoire vierge, une terre inviolée, dessinée de façon approximative, oubliée des cartographes. Avec une soudaine émotion, Marc se frotta les mains et se pencha vers mon côté :

— Ce n'est pas seulement le voyage qu'il faut accomplir, murmura-t-il à demi-mot. C'est l'idée du voyage.

Je tournai le regard vers l'horizon. À ma droite, la savane se terminait par un paysage de falaises rouges. L'ombre de l'avion se découpa sur un pan de mur.

Au loin, une paroi, frappée de lèpre, saignait comme une peau. Henry se redressa sur son siège à l'avant de l'avion, pointa ce morceau de mur et dit à voix haute :

— Le voilà.

Un rideau de ciel s'ouvrit et je vis apparaître, comme un géant de sable, l'Auyantepuy, celui qu'on a longtemps nommé « la montagne du Diable », élevé à plus de mille mètres au-dessus de la jungle. C'était un mont de grès aux parois verticales et aux toits aplatis, dont le sommet présentait une nation de chutes et de nuages. Son haleine pliait les arbres. Il portait des forêts de *bonnetias*[2], des kilomètres de cratères et de crevasses, des paysages préhistoriques et des steppes marécageuses. Comme un miracle, il n'avait pour beauté que la démesure. Le voyage était là. Nous allions traverser cette montagne, de pointe à pointe, en quatorze jours, escalader des crêtes, s'enfoncer dans la mousse, croiser des torrents, ouvrir des sentiers, dormir près des fleuves, construire des campements, et ce monde ne semblait qu'un mirage du monde à venir.

---

2. Arbre endémique de l'Auyantepuy.

Uruyén

L'AVION DESSINA dans l'air une boucle vers la savane. J'aperçus entre les arbres, sur le rivage d'une étroite rivière, une piste d'atterrissage, sans balises ni feux, un terrain d'herbes coupées qui contournait des maisonnettes. La piste terminait là où commençait la première communauté indigène. À l'entrée du village, sur un morceau de bois grossièrement aplati, une inscription était taillée : Uruyén.

Le campement avait été fondé aux pieds de l'Auyantepuy, à cinq cents mètres au-dessus du niveau de la mer. Il se constituait d'une dizaine de *churuatas*[3], des cabanes circulaires de *bahareque*[4], aux toits coniques de palme et au sol de béton lissé, soutenus par des damiers de bois et des murets de ciment. Il était installé sur un *morichal*[5] entre la savane jaune d'un côté, et une forêt qui, de l'autre, montait comme une étoffe. De grands nuages nous cachaient la vue du *tepuy*[6], mais

---
3. Maison indigène.
4. Construction de logement faite à partir de cannes tressées et de boue sèche.
5. Zone de *moriches*, palmier bâche en français.
6. « Montagne » ou « Géant » en langue pemon.

nous pouvions cependant distinguer derrière la brume l'ombre du versant.

La rivière s'appelait *Yuruan*. Elle coulait après une courte pente par un sentier discret où régnait une vague odeur de fruits piétinés. Dix pas plus loin, on voyait les coteaux déserts de l'autre rive. On se déshabilla avec hâte, sans pudeur, et on se lança dans l'eau. Les flots étaient doux et chauds. Les pierres dans le fond avaient une couleur ocre, les remous un reflet de miel. Nos pieds ressemblaient à des insectes enfermés dans une goutte d'ambre. Ce soir-là, nous mangeâmes du porc avec des *tajadas* [7] et on nous servit du jus de corossol. Des caracaras volaient au ras des herbes, virevoltant entre les épis, et se posaient sur une poutre.

Une jeune indigène, Dulce, apparut derrière une cabane en parlant en espagnol avec Henry. Elle s'occupait de l'auberge et, sans jamais s'asseoir à notre table, s'entretint pendant une heure avec nous. Elle n'était pas la femme indigène parlant à voix basse, marchant sans faire de bruit, muette et immobile, le regard griffant le vide. Elle avait l'énergie et la passion de sa tradition. Elle coupait la parole, riait ouvertement, donnait des ordres et on sentait en elle, cachés dans ce petit corps de bronze, de vastes plateaux baignés d'ancêtres et de soleil. Depuis l'enfance, elle gagnait sa vie paisiblement dans le campement d'Uruyén, recevait tour à tour des groupes de touristes et travaillait, sans bureau ni

---

7. Tranche cuite de banane plantain.

horaires, sans métro ni angoisses, dans la chaleur sereine des jours de savane.

Quand tout le monde partit se coucher, je sortis mon carnet. Comme il y avait encore de la lumière, je demandai à Dulce de me donner les noms des arbres qui nous entouraient.

Au milieu du village, elle me signala un *paunedek*, un arbre à fleurs blanches, dont l'écorce était habitée de fourmis et auquel elle prêtait des vertus curatives. Je compris que *dek* signifiait *arbre* en pemon, et *paune* n'était qu'un préfixe. Elle énuméra ainsi les divers feuillages en pointant la forêt comme si elle lisait un poème. Elle me désigna un *chipodek*, gonflé de petites graines couleur noix, un *karutodek*, sur lequel le toucan construisait son nid, un *kuaidek* qui poussait au cœur d'un limon. Elle me dit que l'alphabet *pemon* ne reconnaissait pas la lettre *c* et qu'on nommait les rivières au poisson qui les habitait.

Un long crépuscule traîna entre nous. Au fond de la vallée grandissait l'ombre de l'Auyantepuy. Quand la nuit fut tout à fait tombée, les noms des arbres brillaient encore au fond de l'air.

Faute d'électricité, je demandai une bougie. Il n'y en avait pas. L'obscurité se fit complète. Sous la *churuata*, seules nos voix résonnaient. Notre conversation continua dans le noir, et j'imaginais Dulce accoudée devant moi, ou debout se tenant à la colonne, à deux mètres, enveloppée d'une odeur de girofle. Elle me raconta sa vie à Kamarata, le village de son enfance, à trois heures de marche.

Elle me parla de ses enfants qui jouaient certainement sur la place avec un bâton et un chien, de son mari qui partait, pendant trois semaines, à La Cueva Fantasma ou à Sima Aonda, avec un autre groupe de touristes, elle me parla de ses cousines qui fabriquaient des pelotes en feuilles de bananiers et de ses cousins, porteurs pour la plupart, qui tissaient des courroies pour leur *guayare*[8]. Elle m'assura qu'elle préférait être à Uruyén et s'occuper de l'auberge.

— Depuis longtemps, ma famille et moi vivons de cette affaire, dit-elle. Dans les années 1980, une entreprise de tourisme a fondé ce campement. Ils ont trouvé une clairière entourée d'une forêt de bambous, près de la rivière, et ont construit ces cabanes. Mon père et mon oncle sont venus y travailler.

Elle s'arrêta un instant. La nuit était grande. J'entendis monter un coassement venu de la rivière.

— Quand l'entreprise a fait faillite, on nous a donné le campement, reprit-elle. Nous étions des peuples de fleuve et de savane, habitués à l'agriculture de parcelle, à la pêche et à la chasse, et nous avons appris rapidement les codes de l'hôtellerie, nous avons perfectionné notre espagnol et nous nous sommes initiés à la comptabilité. Aujourd'hui, nous avons beaucoup de travail. Hier encore, dix avionnettes amenant des médecins de Caracas étaient stationnées là, à l'entrée, pour des missions.

---

8. Nasse en osier que les porteurs utilisent en guise de sac à dos.

Un silence se creusa entre nous. J'essayais de retenir ses paroles afin de les noter, plus tard, dans ma cabane, mais le coassement augmenta d'une telle manière que je ne pus penser à autre chose. Je la sentis tourner le regard vers la rivière.

— *Son ranas*[9], dit-elle.

En effet, tous les soirs, des centaines de grenouilles venaient chanter dans les marécages, certaines pas plus grosses qu'une pièce de centime, et ne se taisaient que très tard, à une heure avancée, avant les premières lumières.

Je voulus reprendre notre conversation, mais elle conclut :

— Après la dernière cabane commence une longue route jusqu'au *tepuy*. Tu as devant toi trois jours de marche au milieu de la savane avant d'atteindre le sommet. Tu devrais te reposer.

Je l'entendis s'éloigner vers sa cabane et je restai seul dans cette obscurité, perdu dans le timbre haché des coassements, qui donnait à la nuit la voix d'une autre nuit. Pour la première fois, il me sembla que, au lieu de rentrer chez moi, dans mon pays, je voyageais jusqu'aux limites d'un monde où je me sentais étranger et solitaire. Je fus tout à coup envahi du besoin de pénétrer cet inconnu qui m'échappait. Je voulus en faire une appartenance. Au cœur d'un récit se tenait là, dressée devant moi, la rencontre sublime et secrète de la jungle et de sa langue.

---

9. « Ce sont des grenouilles. »

Première muraille

La route dont m'avait parlé Dulce n'était que deux sillons pelés qui se perdaient dans un arrière-décor de ruines végétales. Nous prîmes le seul chemin vers la montagne. De hautes herbes nous arrivaient jusqu'à la ceinture. Des lézards et des chenilles construisaient des bauges. À cette heure, des nuages de poussière se dispersaient devant nous, comme des poudres de diamant, dans une plaine sèche et jaune. Tantôt on descendait des ravines, tantôt on remontait des collines. Parfois, on gagnait le bord d'un cours, garni d'arbres espacés, entouré d'un banc de vase et d'une haie de fleurs, et on buvait l'eau dans le creux de notre paume. Il n'y avait là ni marques, ni indications. Lorsque je me retournais, je voyais la silhouette des cases d'Uruyén s'éloigner, se confondre avec le paysage.

Nous nous arrêtâmes à la gorge de *Yuruan* dans une zone peuplée de grandes pierres roses qui, selon Marc, ressemblaient au grès des Vosges. Nous traversâmes des rapides, pieds nus, les chaussures pendues au cou, le pantalon relevé jusqu'aux genoux. Des tours et des crevasses se resserraient sur les deux rives. Après d'étroits passages, la rivière se faisait plus profonde et il fallut se déshabiller pour continuer. Tout le fer du pic Bolívar se déversait aux bornes de cette région, depuis Palmarita jusqu'à Santa Elena, cuivrant la pierre comme la pointe d'une lance.

Nous entrâmes dans une grotte qui se creusait sous de petites forteresses protégées de failles escarpées. L'eau jusqu'aux épaules, je suivais Daniel, bras droit de Henry, guide et escaladeur, qui nageait pour ouvrir le chemin. Pendant une demi-heure, nous nous enfonçâmes dans cette caverne inondée. Nous longions des à-pics rocailleux lorsque la voie se ferma tout à coup, au milieu d'un étranglement, et je vis au-dessus de moi une puissante cascade tomber dans une nappe de brouillard.

L'eau tombait dans une fosse, en lourdes résonances, comme une piscine couverte. Pour nous parler, il fallait s'époumoner. Des étages rouges, noirs, mauves, s'effeuillaient les uns sur les autres, creusés par l'érosion. Nous nous baignâmes pendant une heure. Je faisais des allers-retours vers la source, plongeant mon corps jusqu'aux oreilles, les lèvres bleues. La cascade devint si froide que je dus m'éloigner du groupe pour me réchauffer au soleil. Je m'assis sur une pierre où des feuilles brunes étaient tombées. D'un revers, je poussai ce fouillis pour mieux m'installer lorsque, parmi elles, une feuille remua, s'écarta des autres, et un papillon bleu de la taille de deux mains ouvertes s'envola de ma paume.

Son vol était lourd. Son corps faisait la taille d'un pouce. Il battait des ailes avec pesanteur, planant au-dessus des embruns, de haut en bas, comme une raie au fond de la mer. Lorsqu'il se posa sur une branche, elle se tordit sous son poids. Henry et Pierre sortirent leurs appareils, tentèrent de le saisir en mouvement. Mais il se dérobait, se cachait sous les branchages, voltigeait entre les hêtres, puis disparut dans l'épaisseur du feuillage, comme si la forêt l'eut aspiré à nouveau, dans une longue et lente respiration.

À partir de cet instant, je me mis à consigner dans un carnet tout ce que je voyais. Je tenais un journal, mètre après mètre, dans le remous des rongeurs et le gazouillis des oiseaux. Je voulais savoir le nom de tous les insectes et de toutes les plantes. Je ralentissais le groupe, m'agenouillant pour scruter les terriers, questionnant les guides sur l'âge de la terre, et il me fallut près d'une demi-heure pour me remettre de la rencontre avec une salamandre. Je posais des questions à celui qui savait répondre. On me répondait au hasard, répétant les appellations, si bien que je constatais parfois avec méfiance que deux choses contraires portaient le même nom. Les guides ne m'écoutaient plus. Ils faisaient leur chemin en silence, tandis que moi, à l'arrière du groupe, ivre d'émerveillement, je tendais les bras pour attraper l'horizon.

Après deux heures de marche, nous arrivâmes à la cime d'une petite butte. On put s'asseoir à l'ombre, la tête sur la poitrine, accablés de fatigue, les pieds nus devant nous. À quelques mètres en contrebas, la vallée s'agrandissait jusqu'à la pente de la montagne. J'aperçus les toitures immobiles d'un bosquet où des gorges asséchées s'abreuvaient de lumière.

— J'ai soif, dis-je à Henry.

Il leva les yeux, observa les arbres.

— On croisera bientôt un ruisseau, me répondit-il en me pointant le bosquet. Les arbres là-bas sont des *moriches*. Ils ne poussent que dans le limon. Là où il y a des *moriches*, il y a toujours de l'eau.

Henry, le guide vénézuélien, était un *caraqueño*[10], osseux de visage, le profil porté vers l'avant, le cou allongé. Il me faisait penser à ces capucins qui, trois siècles auparavant, étaient entrés à Santa Marta en portant des épices lointaines et des paroles chargées d'énigmes. Il connaissait la jungle autant que les indigènes. Son corps était fait de bourrasques et de fourrés, la barbe entière, les habits pleins de boue. Cela faisait vingt ans qu'il explorait cette région. Il en avait goûté la semence et l'excrément, le cuivre et la rouille. Il inscrivait son travail dans la lignée d'aventuriers qu'illustraient Armando Michelangeli, Julian Steyermark, Chales Brewer-Carias. Il représentait, peut-être mieux que personne, la race des explorateurs.

Il me demanda de partager quelques passages de mes notes. Je sortis mon carnet et lus des phrases inachevées. Je sentis tout à coup que mes mots n'incarnaient

---

10. Habitant de Caracas, capitale du Venezuela.

aucune matière. Ils n'avaient pas la saveur de la cascade, le fer de la grotte. Habitués à l'ombre, ils étaient laids au soleil.

Henry m'écouta tranquillement en décollant une gousse sur la branche d'un pois doux. Il sortit le fruit du coton et me montra une graine blanche qui avait le parfum de la forêt. Il leva les yeux sur moi et déclara :
— Il faut du temps à un arbre pour faire un fruit.

Je compris qu'il ne parlait pas de l'arbre.

Cette graine portait la lente croissance du tronc au bord du ruisseau, l'écorce mouillée, l'odeur du grouillement végétal, et elle s'alignait avec les autres graines comme les verbes dans une description. En croquant le fruit, je goûtai toute la plénitude de notre voyage. Je reçus ce jour-là ma première leçon de littérature.

Plusieurs heures passèrent, tandis que nous marchions à la file indienne, dans un grand calme. La plaine devint une pente brusque qui remontait jusqu'à la muraille du *tepuy*. Je suivais Daniel, le grimpeur vénézuélien, et mon regard accompagnait le balancement de son sac orange au milieu des fourrés. Comme au début, et jusqu'à la fin du voyage, je posai mes pas dans les siens. Les plateaux de la Gran Sabana, dès ce premier jour, se montraient sous la vraie lumière de la distance, comme on nous les avait décrits, longs de cent horizons. Muet, le paysage nous faisait taire. Et je ne soupçonnais pas à cet instant que la marche allait tresser entre nous des liens plus puissants et plus profonds qu'une vieille amitié n'aurait pu le faire.

J'avançais lentement et, de temps à autre, un étouffement me ralentissait. Mon sac se faisait plus lourd à chaque mètre. Je m'accoudais sous un liseron pour reprendre mon souffle. Je n'étais pas habitué à l'exercice résistant du trek. Je n'étais qu'un rat de bibliothèque, passant mes jours parmi des étagères de livres. J'avais appris à marcher comme on apprend à nager, d'une façon approximative. Parfois, je levais la tête. Loin devant moi, le cou baissé, Daniel continuait sans se retourner. Dans cet homme, la patience semblait ne pas avoir d'échéance. Il avait les cheveux très courts, la peau tachée de soleil, le dos large des grimpeurs. Sa force et son endurance s'étaient réfugiées dans la profondeur.

À un palier, il m'attendait en fumant sur la racine d'un arbre. Nous avions une demi-heure d'avance sur les autres. Je jetai mon sac par terre, les épaules rouges. Je me plaignis du poids.

— Le poids des mots, dit-il.

Je souris, par politesse. À nos pieds, la savane déroulait ses vastes plaines. La beauté de la vallée me fit oublier, pendant un instant, la fatigue de la montée. Daniel devait avoir dix ans de plus que moi. Il avait été ramasseur de pommes de pins à Cuenca, en Espagne, pour une entreprise de cosmétiques qui tirait de leur sève une huile minérale.

— En hiver, disait-il, j'escaladais l'arbre avec un sac de jute sur les épaules et une perche en fer. Tu n'imagines pas le froid. Je secouais les branches à l'aide d'une gaule et ramassais au kilo. Mais vint la crise, la dette, le chômage. J'ai connu la pauvreté, la rue, la faim.

Dans cette misère, il s'était mis à écrire ses désirs sur des carnets et à formuler son bonheur pour en attirer la réalisation. S'il écrivait qu'il allait gagner de l'argent, le lendemain un boulot se présentait. S'il écrivait qu'il rencontrerait une femme, en quelques jours la chance lui souriait. Il me répéta avec beaucoup de sérieux :

— Le poids des mots, *hermano*[11]. J'ai vécu tout ce que j'ai écrit. L'exercice de l'écriture demande tant d'énergie que toutes les magies viennent te récompenser. J'ai déjà réalisé deux cent cinquante miracles. Un jour, j'arriverai à mille, et j'écrirai un livre qui s'appellera *Les Mille Miracles*.

Le jacassement des perruches donna un prolongement à son discours. Cet homme partait d'une idée simple : il suffisait de nommer la chose pour la faire exister. Moi qui essayais, dans le récit, de tordre la langue pour mieux la confondre avec la nature, je le voyais tordre la nature pour la soumettre à la langue.

— Dans douze jours, nous serons à *Isla Raton*, dit-il. Il y a là-bas un camarade, José Camino, qui nous y attend avec une bière.

Il sortit de sa poche un désordre de notes écrites à la hâte sur des bouts de papier. Il chercha une marge vide parmi tous ces souhaits rédigés, posés là, en attente d'un miracle, et me demanda mon stylo. Il écrivit en

---

11. Frère.

grand : *Bière à Isla Raton*. Puis, levant les yeux, il déclara d'un ton péremptoire :

— Maintenant que c'est écrit, ça doit arriver.

Il enfonça tranquillement le bout de papier dans sa poche. Nous repartîmes sans nous parler, entre le vol de *guacharos* [12] et l'orée de la première muraille. Nous marchâmes au même rythme parmi une végétation endémique, et je ne pus m'empêcher de constater un lien étroit entre le monde ancien, prodige, conservé dans des ères géologiques éteintes, et ce monde nouveau, fait d'encre et de papier, né du désir ardent de la quête.

---

12. Oiseau dit « Guacharo des cavernes ».

Wayaraca

Vers la fin de l'après-midi, nous arrivâmes au campement de Wayaraca. Au centre d'une clairière s'élevait une vieille construction humaine taillée à la machette. Les poutres, grosses comme des cuisses, soulevaient un toit de palmes assez dense pour résister à une tempête. De lourdes lianes attachaient les piliers entre eux. Un mur était retenu par un quadrillage en bois et, sur une des entrées, un tapis vertical de feuilles de bananiers servait de cuisine.

Je me reposai sur mon sac, sans même retirer les bretelles de mes épaules. Je restai là, en silence, ne pensant à rien, tandis que la lumière faiblissait. Des milliers de lucioles m'entourèrent. Je dus fumer pour éloigner les moustiques.

Je sentis contre mon dos, à l'intérieur du sac, un désordre de mousquetons, de sangles nouées, des gants de protection, tout un outillage d'escalade auquel j'étais parfaitement étranger et auquel je m'initiais peu à peu. De l'autre côté du camp, je vis Daniel charger les cordes de rappel et compter religieusement les baudriers. Je l'entendis chuchoter avec Henry. Des mots jaillissaient de leur conversation, il était question de précipices et de dangers encourus, de cordes coupées au fond des ravins. À cet instant, un sentiment de fragilité s'empara de moi. Je savais que le voyage devait se finir avec la descente d'une cascade de mille mètres de hauteur, douze jours plus tard, et, pour la première fois, je ne pus éviter une peur fulgurante à l'idée que ma vie ne tenait qu'au fil de cette corde.

Pierre, le réalisateur, regardait sereinement les plans qu'il avait faits depuis notre départ de Caracas. Avec un casque fermé, respirant à grandes bouffées, il s'isolait du bruit extérieur pour se concentrer sur sa prise de son. Seul son visage était éclairé par la lumière de l'écran. Marc, le guide français, faisait une sieste qu'il n'avait pas prévue. Encore attaché à son sac, la tête posée sur un monticule d'herbes, la casquette sur les yeux, il accompagnait son sommeil d'une série de petits ronflements pareils à des roulements de pierres. Henry avait disparu en direction de la rivière.

Les porteurs arrivèrent un par un. Ils venaient de sentiers différents, solitaires dans leurs bottes de pluie. Ils avaient une charge qui faisait le double de la nôtre. Ils étaient vêtus de shorts et de pantalons. Le temps des plumages, des peaux séchées et des *guayucos*[13] était fini. Entre 16 et 20 ans, ils transpiraient dans des maillots de football et des tee-shirts troués. Ils s'exprimaient dans leur dialecte, le *pemon*, et souvent, au milieu de la

---

13. Pagne traditionnel pemon.

Jungle

phrase, ils introduisaient un mot de l'argot espagnol, qui apparaissait plus âpre et plus piquant, comme une épine au milieu d'une roseraie.

Ils passèrent sous la *churuata* et déposèrent leur *guayare,* une nasse en fibre, avec une courroie attelée au front, qu'ils chargeaient sur leurs dos. Dans cette nasse, ils transportaient des passoires, des casseroles, des bouteilles d'huile, des conserves de thon, des sardines de supermarché, du riz et des pâtes par kilos, des cartouches de cigarettes et une bouteille de rhum. Certains s'approchèrent de moi, ils examinèrent mon carnet, le trépied de Pierre, ils s'interrogèrent dans leur langue. Aussitôt, ils pendirent leur *chinchorro* [14] entre deux piliers, puis se couchèrent en silence en s'éventant avec une feuille de bananier.

Abraham, le chef des porteurs, parut au seuil de la cabane. Il était torse nu, le ventre bombé, les gestes lents et précis. Il ouvrit une bâche bleue au centre du campement et sortit toute la nourriture pour la répertorier.

Il compta les boîtes de conserve et mesura la quantité de miel. Il pesa le café et calcula les sachets de poudre de jus. On m'expliqua plus tard que les jeunes porteurs, au milieu du chemin, après des heures de marche, avaient parfois la tentation de plonger la main dans les affaires prévues pour les touristes. C'est pourquoi Abraham, tous les soirs, dressait l'inventaire de ce qui avait été dépensé et de ce qui devait tenir jusqu'au lendemain.

---

14. Hamac.

Il faisait ainsi resplendir l'exercice de son métier avec loyauté, donnant l'exemple, au regard des siens, d'une clarté qui allait au-delà du travail.

À cet instant, Henry revint de sa balade.

— La saison sèche est bien installée, dit-il. Les rivières sont basses. Nous éviterons les torrents au moment de leurs crues.

Il s'adressa à Daniel :

— Et le dîner ?

Daniel s'était accroupi, les fesses sur les talons, et actionnait la pompe d'un réchaud à essence.

— Ça vient, *jefe* [15].

Le combustible passa dans le brûleur et dessina un cercle bleu dans l'obscurité. Tandis que Daniel nous faisait part du menu de la soirée, Henry annonça le planning du lendemain. À ses côtés, un jeune indigène appelé Ronald coupait les légumes, râpait le fromage, chauffait l'huile. Sa parole était dans le geste. Il devait avoir 20 ans. Il prit une hache et coupa un rondin de bois pour alimenter un foyer de feu. Il installa une claie de bois vert à trente centimètres au-dessus des flammes et, sur deux branches en croix, posa un *coropo* de rivière. Au contact du feu, le poisson exhala une odeur délicieuse.

La forêt se mit à parler, à chanter, à bouger autour de nous. La nuit se peupla. À la fin du repas, je m'approchai de lui. Il choisissait des morceaux d'une galette de cassave, tout en remuant le feu, et mâchait sans quitter

---

15. Chef.

les flammes des yeux. Je m'assis en face. La fumée passa sur son visage comme une main sur une bouche. Je lui proposai une cigarette.

— Je ne fume pas, dit-il.

Je humai le parfum que dégageait le poisson. Je m'enthousiasmai :

— On sent dans son odeur toute la jungle qui nous entoure.

Ronald sourit sans me regarder.

— Il ne vient pas d'ici, me répondit-il. Il vient de La Paragua. Je l'ai acheté à un hélicoptère qui arrivait de Canaima.

— Tu ne l'as pas pêché ?

— Pour le pêcher, il me faudrait acheter un piège en bambous, puis du *barbasco*[16], qui est une racine très chère, la jeter dans la rivière et ensuite payer une pirogue pour ramasser les poissons à la surface. Pêcher n'est pas rentable.

Le paradoxe me frappa. Je marmonnai un : « Bien sûr » qui sonna faux, et je nourris inutilement le feu à mes pieds. Il m'invita à goûter le poisson.

— Alors, se moqua-t-il, on sent vraiment toute la jungle qui nous entoure, pas vrai ?

Ronald avait été ouvrier à Margarita, la perle des Caraïbes, une île au nord-est de Caracas. Il avait été maçon à Puerto Ordaz, manœuvre à Ciudad Bolívar,

---

16. Plante toxique pour les poissons, utilisée comme venin de pêche à la nivrée.

conducteur de pirogue à Canaima. À son retour à Kamarata, sa femme était tombée enceinte et il avait souhaité construire une maison pour sa famille. Dès lors, il n'avait d'autre choix que de porter sur ses épaules trente kilos de charge jusqu'au sommet d'une montagne afin d'acheter du béton, du sable, des lattes de tuile, des barres d'armature.

— Pour la jungle, les mules ne sont pas bonnes, dit-il. Les passages sont durs, tu vois, elles se laissent crever en chemin. C'est pourquoi, tout doit se faire à dos d'homme.

Il me dit qu'entre porteurs ils s'appelaient *petoy*, qui veut dire *ami*. Il m'expliqua que *pemon* signifiait *personne*, et que l'origine de ce nom était un acte de résistance linguistique afin de se différencier des animaux au regard du colon. J'écoutais ce garçon qui avait la force de son âge, enfermé dans un siècle de commerce absurde, accroupi devant son poisson. Le chantier de sa maison était lent. L'argent du couple servait souvent à acquérir des *bokinis* [17], du lait ou du dentifrice. Il me confia le prénom de son nouveau-né, mais se plaignit des complications médicales de sa femme.

Je voulus en savoir davantage. Ronald préféra conclure. Il regarda le ciel, comme l'avait fait Dulce la veille.

— C'est la pleine lune, dit-il. Demain, il va pleuvoir.

Il prit la moitié du poisson dans une serviette et s'éloigna vers son hamac.

---

17. Poisson des rivières d'Amazonie.

El Peñon

Le lendemain, une bruine tombait. Il nous fallut remettre nos vêtements de marche mouillés, pénétrés de sueur et de cendre. Il devait être 7 heures du matin. Un brouillard épais couvrait notre campement. Les *petoys* avaient marché dans la forêt, la machette à la main, pour y abattre des baliveaux, cueillir des touffes de mousse et apporter des brassées de bois sec pour le feu. Ils préparèrent dans une marmite en émail, avec de la farine de maïs bouillie en petites boules, un petit déjeuner qu'ils appelèrent *bollos*.

Tandis que nous mangions d'un côté du campement, les *pemones*, de l'autre, tournaient autour de la bâche et se répartissaient, avec de grands gestes, le poids de leur cargaison. Abraham avait fixé une pesette à crochet contre une poutre de soutènement et y suspendait les charges. Il portait pour tout vêtement un short qui descendait jusqu'aux genoux et des vieilles sandales dont la semelle était liée, sous son pied nu, avec une ficelle. Torse nu dans la plaine, il avait le crâne rasé, le regard sombre. Il soulevait des couvertures pleines de conserves de lait concentré, de sacs en plastique avec des kilos de flocons d'avoine et des paniers d'ustensiles de cuisine.

Ronald ne se leva pas. Son corps, solitaire au milieu de la prairie, renversé dans son hamac, remuait comme un poisson dans un filet de pêche. On n'entendait qu'un râle, au loin, et parfois des étouffements. Je demandai si un problème était survenu pendant la nuit. Vitto, un *petoy* de 16 ans, au visage de jeune fille, fut le premier à parler.

— Ronald a vomi du sang, dit-il en haussant les épaules. Ce sont les *Kanaimas* qui l'ont puni. Il a regardé la montagne trop longtemps.

— Les *Kanaimas* ? demandais-je.

Mais, alors qu'il s'apprêtait à me répondre, Abraham apparut dans la blancheur aveugle du demi-jour et le fit taire avec un mot. Vitto se leva et sortit de la *churuata*. Je regardai Abraham. Il devait faire la même taille que moi, pourtant il me faisait de l'ombre. Il virevolta sur ses talons, sans m'adresser la parole, me présenta son dos, couvert d'une multitude de plaies, puis disparut dans un brouillard de ramures brisées.

Sans comprendre précisément ce qu'il se passait, je fis ma toilette près d'un banc de sable où une carcasse de baraquement cachait le cours d'une rivière. Je me demandais qui étaient ces *Kanaimas* dont on me parlait. Les pieds me faisaient encore mal : j'avais grimpé trop vite, la veille, et les courbatures me contraignaient à des gestes lents. Mon sommeil avait été court, désordonné. Quelques animaux sauvages étaient venus rôder non loin de ma tente, je les avais entendus casser des brindilles, renifler des traces de nourriture.

À partir de ce matin-là, nous fîmes deux mille mètres de dénivelé en deux jours, sans Ronald. La côte était raide. Nous contournions de petits abîmes qui finissaient sur un perchoir ou un surplomb, dans une savane mouchetée de palmiers. Nous marchions en silence, les uns à la suite des autres. Daniel prit la tête de file, Pierre et Marc se suivaient de près. J'étais loin derrière.

Le chemin pour la deuxième muraille, vers El Peñon, se dessinait à la lisière de deux selves dans une anse d'herbes noires. Nous passâmes par des bras de forêt dans lesquels nous trébuchions, au sol, entre d'énormes troncs déracinés, sur des *cocos de monos* [18], dont on dit qu'ils servent pour le traitement du diabète. Dans ces obscurités vivaient des chevreuils à la robe rousse, des tatous aux armures dorées, des ocelots, plus grands que des chats sauvages, rayés d'ambre et de nuit.

Il n'y avait personne à des kilomètres à la ronde. Je comprenais que nous mettions nos pas dans ceux d'une poignée d'explorateurs, une cinquantaine de naturalistes et quelques anthropologues en mission. Et moi, parmi eux, peut-être un des premiers écrivains. La jungle et la savane se partageaient encore ce territoire, insaisissable comme une brise, répandant tour à tour sa violence et sa douceur.

---

18. Pains de singe.

Nous avançâmes pendant deux ou trois heures au travers d'une jungle sans sentiers, ni éclaircies. L'humus était épais, nos chaussures s'enfonçaient jusqu'à la cheville. Nous traversâmes des rapides qu'orangeait le tanin. Les roches étaient à moitié submergées, si bien que nous sautions d'une pierre à une autre, rebondissant sur ces bosses blanches comme sur les vertèbres d'un noyé.

Henry, Daniel, Marc et Pierre étaient loin devant. Je ne distinguais même pas leurs silhouettes. Les crampes me ralentissaient. Vers midi, j'entrai dans un bois sombre. Je suivis un chemin en solitaire, plus ou moins tracé par des branches coupées et des plantes piétinées. Je pris des allées de vieux hévéas dont les coupes s'unissaient en charpente, à une grande hauteur au-dessus de ma tête. J'essayai d'apercevoir un *petoy* ou un guide, mais une humidité sale me cachait la vue.

La pente se fit si verticale qu'il me fallut lever le pied jusqu'à la ceinture pour progresser. Au bout d'une heure, j'enjambais des racines grosses comme des bottes de paille et des troncs couverts de champignons. Souvent, par mégarde, je plongeais ma main dans un terrier et la retirais aussitôt, poussant un cri d'horreur, après avoir senti des poils à l'intérieur.

La forêt devint menaçante. La solitude m'inquiéta. Je n'entendais nul pas, nulle voix, nul sifflet. Seul le bruit de la sève qui coulait dans les troncs par ruisseaux. Tout se ressemblait, presque à s'y méprendre. Je fus brusquement convaincu de revenir sur mes propres empreintes. Les arbres s'ouvraient pour mieux fermer le trou que je creusais sur mon passage. Je ne distinguais rien. Mes pensées devinrent immobiles, mais je sentais tout bouger autour de moi. Le trajet du jacamar vert, perché sur une ramure, saisissant un insecte au vol. Le frottement de la mygale géante dans son terrier, la fuite du tapir, le remous de la couleuvre construisant un nid dans les marais. Je sentis ces innombrables vies qui m'enserraient, farouches et sauvages. La panique s'empara de moi. Une racine, que je n'avais pas vue, tordit mon pied et je tombai sur un lit d'humus, au milieu de nulle part.

Je ne me relevai pas. J'entourai mes genoux de mes bras, confondu avec le sol, à attendre le passage de quelqu'un. Je me recroquevillai jusqu'à faire de mon corps un nid d'orties et de ronces.

Au bout d'une heure, je sentis une présence. Je levai brusquement la tête. Devant moi, Abraham m'observait dans le silence de la forêt. Je me redressai aussitôt en lui expliquant que je faisais une petite pause. Je lui demandai calmement de m'indiquer le chemin.

— Il n'y a qu'un seul chemin, me répondit-il.

Il pointa deux arbres côte à côte qui ouvraient un sentier. Abraham, solide, robuste, le visage rouge, m'impressionnait. Je considérai avec une forme de curiosité son front ouvert, sa tête très ronde, ses joues gonflées. Je m'arrêtai un instant sur ses mains. Il avait les doigts usés et la paume illisible. Le poing fermé pouvait assommer un âne. C'était un vrai *pemon*, le pied lourd et le pas léger. Il portait un secret, et j'étais hors de lui. Je l'examinai avec une sorte de pudeur et, au cœur de la jungle, je contemplai l'abîme immense qui nous séparait, lui sculpté dans un cuivre luisant, moi dans un grain de papier.

Pico Libertador

L'ARRIVÉE AU CAMPEMENT ressembla aux précédentes. C'était un abri sous bloc, à l'ombre d'une pierre de grès, où nous installâmes nos affaires sur des étages de pierre. Des pieux étaient calés en force entre le sol et la roche. Avant le coucher de soleil, un *petoy* allumait un feu, posait la bâche au milieu du camp, coupait des rondins, disposait les casseroles. À 18 heures, Daniel faisait bouillir de l'eau après avoir découpé huit oignons et cinq têtes d'ail. On faisait sécher nos affaires sur des branchettes. À 18 h 30, nous mangions en cercle, soufflant sur nos cuillères, tandis que nos chaussures se remplissaient de cendres. Henry servait des jus de fruits en sachet. On se partageait les couverts, chacun s'enfonçait dans son plat.

La nuit était déjà tombée quand on finissait de dîner. Les fosses d'aisance étaient derrière des arbustes où nous nous perdions, tour à tour, munis de papier toilette et d'un briquet, avec un mélange de sobriété et d'embarras. Nous enlevions alors nos vêtements de trek, un tee-shirt et un pantalon de drill, et nous nous couchions chacun dans nos tentes, en prenant le soin de laisser nos chaussures dans l'abside. Avant de m'endormir, je lisais à la lumière de ma lampe frontale. La fatigue me gagnait rapidement. Je me retournais alors sur le ventre et me forçais à mettre au propre les notes que j'avais prises pendant la journée.

Nous avions passé trois jours à traverser des landes bordées de champs non cultivés. À midi de ce troisième jour, nous découvrîmes un sentier difficile, sombre et dangereux, qui devait nous mener jusqu'au sommet de l'Auyantepuy, le Pico Libertador. Par instants, la brume se dissipait. On distinguait alors, loin en contrebas, le cours d'une rivière ou l'orée d'une piste. Nous atteignîmes les hauteurs d'une colline noire d'où on pouvait observer l'étendue du chemin parcouru dans la journée.

— Nous ne sommes plus très loin du sommet, annonça Henry.

— Tu en es sûr ? demanda Pierre en braquant son appareil sur lui.

— Oui, dit Henry en arrachant un lichen du sol. Les lichens donnent toujours la mesure de l'altitude.

Pierre filmait les orchidées, les épiphytes, le vrombissement des taons. Son panneau solaire se balançait sur son sac. Il s'accroupissait sous les chutes et faisait des prises de son dans les lits asséchés. Il filmait parfois Daniel qui pointait les meilleures parois pour l'escalade et devenait lyrique en les nommant.

Henry contemplait longuement la plaine, songeur. Il se laissait aller à murmurer quelques phrases que personne ne pouvait entendre. Plus loin, Marc s'était entouré de *pemones* et racontait une histoire sur la haute montagne française qui les amusait. Il avait un bon espagnol, un air léger, un reste d'enfance.

La compagnie de ces hommes résistants, aussi patients que des bergers, poussés par un nomadisme révolté, m'apprenait leurs codes comme ceux d'une famille. Leur mutisme, tous envahis d'une même réflexion, me rappelait les personnages de Salvador Garmendia, habités par le silence de la race. Ils conservaient la barbe montante, le bâton au poing, le goût des plats lourds et cendrés. Méfiants comme des marins, ils assumaient sans rougir leur faiblesse pour le rhum et le tabac de brousse. Ils n'avaient, comme les montagnes, leur limite que dans l'abîme.

Les dernières heures avant le sommet furent difficiles. Nous marchâmes sur des étagements de strates, recouvertes de troncs et de fleurs, où la lumière pénétrait mal. Au *Callejon de las Palomas*, nous ne vîmes pas les pigeons qui donnaient leur nom au passage. Au campement *Mawinaima*, nous ne fîmes qu'une escale symbolique pour commenter des taches noires d'un ancien feu, des dates étranges, des hiéroglyphes modernes. Tout ce sable sédimenté écrivait son histoire. Des millions d'années de compositions minérales, faites de nappages, enfouies sous l'océan, devaient expliquer quelque chose.

— On croirait entendre la mer, disait Marc dans sa barbe.

Nous escaladâmes des blocs grâce à des cordes de bateaux fixées à des pitons. Parfois, on revenait sur nos pas, on s'enfonçait dans des impasses. Nous croisâmes des *karapidodek*, des arbres dont l'écorce sert aux anses des nasses, des *brochinias*, des arbustes épineux qu'un incendie paraissait avoir noircis. Plus nous avancions dans l'altitude, plus nous reculions dans le temps. Nous remontions à une époque où l'arbre était loi. Les fougères faisaient la taille d'un homme et des bonsaïs de *tepuy*, dont les feuilles rouges ressemblaient à des bouches peintes, dictaient le chemin.

Nous arrivâmes au Pico Libertador vers 17 heures. Des porteurs étaient déjà assis, rassemblés en cercle. Abraham mangeait du blé. Il nous regarda passer. Il ordonna quelque chose à un *petoy* plus jeune qui se leva, avec une bouteille en bandoulière remplie d'eau de ruisseau, et nous fit signe de le suivre. Il nous guida jusqu'au point le plus élevé, une platière nue. De là, la montagne pouvait s'embrasser en un seul regard. Sept cents kilomètres carrés de paysage accidenté s'étendaient dans l'éclat du soleil. Tout était aussi surprenant qu'inatteignable.

Un climat de recueillement s'installa entre nous. Daniel et Marc descendirent sur une plate-bande et trouvèrent un scorpion ancestral qui chauffait au soleil. Henry prit des photos de falaises peuplées de faucons sauvages. Pierre sortit son trépied, braqua l'objectif vers le ciel et fit un time-laps de nuages. On se passa des shooters de rhum dans le bouchon d'une bouteille en plastique.

Je m'assis et sortis mon carnet. La lumière répandait sur toute chose une fragile pellicule d'argent. La végétation entrelacée, les murailles dépassées, le fleuve lui-même. Tout m'échappait. Aucun texte sur la jungle ne peut rendre la sensation de la jungle. Ce mélange de resserrement et d'immensité, cette impression d'être soumis à sa grandeur et la révolte qu'elle génère, cet incroyable qui est palpable, cette noble sérénité des premiers âges. On contemple la jungle comme on contemple un ciel étoilé : rien ne bouge, et cependant, tout semble habité. Ce jour-là, je n'écrivis pas. Si mes phrases avaient pu porter tout ce que la jungle contenait de commencement, peut-être alors mes mots seraient à la mesure de ce qu'ils décrivent aujourd'hui.

Dragon

Ce fut un dimanche 7 décembre, le jour du Seigneur, que nous nous réveillâmes dans le campement *Piedra del Oso* [19]. Daniel se hissa sur une roche, au centre du cercle que nous formions, et professa d'une voix forte, avec une serviette grise en guise de soutane :

— *Hermanos Tepuyeros…*

Un rire passa entre nous. Le campement s'appelait *Oso* car on y trouvait, à cent mètres du refuge, une roche haute comme un enfant qui, vue de loin, ressemblait au buste d'un ours. La pierre était là, dressée au milieu de rien, cachant dans son ventre un nom qui ne lui appartenait pas.

Henry méditait à l'écart. Il taillait une flûte rustique dans une branche de *bonnetia*. Je m'assis à ses côtés, et personne ne dit mot pendant un quart d'heure.

— J'ai ouvert cette voie au début des années 1990, commença-t-il. Je voulais atteindre le *Kerepakupai Venà* et, pour cela, il fallait dépasser les trois murailles, puis

---

19. Pierre de l'Ours, littéralement.

traverser le plateau de la montagne. Au début, comme il n'y avait pas de camp, je dormais où je pouvais. La première fois, je suis resté à *Oso* des semaines entières.

Sa voix était écorchée. Elle avait acquis les seuls apprentissages qui l'intéressaient dans cette région ancienne et déchirée. Il tapota de son talon le sol sur lequel nous étions assis.

— Un jour, j'ai entendu un fleuve qui coulait là-dessous. J'ai suivi ce bruit pendant des mois, collant mon oreille à terre. Un matin, une glissade m'a fait tomber dans un trou. Là, j'ai découvert un espace où ce fleuve se déversait calmement. Il ressemblait à un grand serpent. Il paraissait irréel. Voilà pourquoi nous avons appelé le prochain campement *Dragon*.

Il devenait poétique quand il l'évoquait. L'air, autour de nous, nous enveloppait de sa queue.

— Chaque nom donné à un campement porte l'imagination de ceux qui l'ont habité. Ces noms ne se transmettent que par la tradition orale.

Nous parlâmes longtemps. Je lui demandai pourquoi les *petoys* refusaient mes questions. J'avais l'impression qu'ils taisaient quelque chose.

— Chez les *Pemones*, la transmission orale ne se fait qu'une seule fois dans la vie, me répondit-il. Une figure qui représente l'autorité, soit le chamane, soit le père, soit le cacique, s'assoit un jour devant toi, et te raconte tout d'un trait. Si tu ne parviens pas à retenir ce qu'il te dit, cela signifie que tu es incapable de porter l'héritage. C'est une forme de sélection naturelle.

À mon retour vers ma tente, l'explication d'Henry résonnait encore dans ma tête. En arrivant, je découvris au-dessus de mes affaires un essaim de colibris qui jouaient à se poursuivre. Ils ne s'affolèrent pas à mon intrusion. Au contraire, ceux qui voltigeaient autour de mon sac redressèrent leur vol pour approcher leur visage du mien. Ils éparpillaient leurs couleurs sous mes yeux, tour à tour, en battant des ailes, en picorant mon tee-shirt, et cela ne semblait pas être seulement un bel instant dans ma vie, mais également un instant unique dans la leur.

Nous prîmes le chemin vers *Dragon*. Pierre se plaignait de l'humidité :

— Trop de condensation sur les optiques ! en frottant avec un chiffon doux le verre de ses objectifs.

Une buée nous enveloppait.

— Dans ce brouillard, c'est comme filmer avec un voile de mariée. Il ne manquerait plus qu'il pleuve.

La pluie se mit à tomber. Je pensais au pouvoir des mots, dont avait parlé Daniel. Nous fîmes escale sur le lit rocheux du *Rio Naranjo* où des coupes d'arbres nous servirent de refuge. Pierre inspectait toujours son appareil. Il astiquait avec son chiffon, allumait et éteignait, angoissé, jusqu'au moment où, levant le visage vers nous, il nous annonça que son appareil ne répondait plus. Henry était photographe et se pencha pour le consoler. Ils eurent une longue conversation, hachée de silences tragiques, les visages graves.

Je me mis à l'écart pour écrire. Marc s'assit à mes

côtés. Voyant mon carnet, il me dit à mi-voix, cachant sa bouche dans sa barbe :

— Avec ça, au moins, tu n'auras pas de problèmes de condensation.

De temps en temps, j'entendais Pierre qui disait à Henry :

— Photo Lumix GH4. Cette merveille est tropicalisée, mon vieux. J'aurais pu filmer sous l'eau.

Nous nous tenions coude à coude le long d'une roche, abrités sous un surplomb. Une petite feuille orange tomba sur mon carnet et je fis un vœu. À quelques mètres de mes chaussures, je voyais les rides du sol se transformer en petits ruisseaux. Plus loin, ils s'égouttaient depuis la pointe des rochers pour devenir, après les montagnes, les plus grands fleuves du monde. Çà et là, des oiseaux nous regardaient sur une branche et prenaient leur envol en ouvrant leur queue comme un éventail.

Bien que la pluie fût violente, nous repartîmes sur le haut plateau. Nous marchâmes pendant une heure sous l'averse, mouillant nos chaussettes, suant dans nos anoraks, au-dessus de larges plaques de grès. Nous montions des reliefs et des méplats, nous nous traînions parmi des fissures. Nos semelles glissaient en permanence sur d'étroites corniches. Au niveau du campement *Colibri*, nous dévalâmes quelques blocs de pierre à l'aide de nos sacs pour faire un appui. Je m'agrippai à une prise, lançai mon corps pour atteindre l'autre bord, lorsque, perdant l'équilibre, je tombai de deux mètres lourdement sur un sol mousseux.

Jungle

Je fus tout à coup surpris de toucher de la terre. J'atterris dans une jungle impressionnante, serrée comme une toile, où l'on trouvait cinquante espèces différentes d'orchidées. Henry descendit tranquillement et m'aida à me relever.

— C'est plus ou moins par ici que je suis tombé la première fois, me dit-il. Regarde.

La forêt se fermait autour de nous comme la mer autour d'un écueil. Le *tepuy* était creux. Les plaques sur lesquelles nous avions dormi dissimulaient des bois pluvieux, sombres et terreux. Tout fourmillait d'oiseaux et de rongeurs, de musaraignes et d'opossums. Des *puri-puri*[20] attaquèrent aussitôt nos nuques. Les chemins devinrent étroits et un étrange sentiment remua en moi. Je pensai à la jungle comme écriture. Je m'interrogeai s'il existait, entre la sève et l'encre, le même apprentissage qui lie le doute et la certitude. Émerveillé de tout, enivré de rien, là explosait la respiration des feuilles, la couleur des pastèques, les pages de la jungle qui n'ont pas de grammaire et qu'on cherche, pourtant, sans cesse à traduire.

Après quelques minutes, nous entendîmes le cours d'un fleuve.

— C'est le *Churum*, dit Daniel. Il nous mènera à *Dragon*.

Le fleuve résonnait au plus près. Des rapides, ici et là, ballottaient une bûche. Des troncs renversés faisaient un pont sur un étang. Plus loin, une lagune. Le *Churum*

---

20. Moustique de forêt équatoriale.

était partout dans la forêt. Il noyait les arbres, brillait d'algues cristallines, parlait à l'horizon. La présence de saponine le rendait, tantôt savonneux, tantôt argileux. Les hauts plateaux et les falaises de grès, dressés au-dessus de nous, réfléchissaient leurs parois sur sa surface. Les pierres, dans le fond, ressemblaient à des œufs préhistoriques. Brutalement, le fleuve naissait, grandissait, pour se déverser dans le Carrao, finir dans le bassin du Caroni, avant de se jeter dans l'Orinoco, et c'était comme une avalanche de vie muette qui se déroulait devant nous.

Rien ne parle plus à un homme que la paix d'un fleuve. Toutes les inquiétudes se réduisent, toutes les passions s'élargissent. En le longeant, j'essayais de joindre ma langue à la sienne. Je cherchais des mots liquides, des accents écumeux. Comment tailler un adjectif pour qu'il ait la forme d'une racine ? Je me disais que la grande tâche de ce livre n'était pas de décrire la nature, mais de la servir. Il s'agissait de contribuer, d'une façon ou d'une autre, par le récit ou autrement, à un travail de sauvetage collectif, politique, et de rendre au pays ce qui devait lui revenir.

Abraham

*D*RAGON ÉTAIT UN CAMPEMENT installé sur une clairière, entre la lisière du bois et le rivage du *Churum*. Nous arrivâmes au soir et nous mîmes aussitôt nos pantalons à sécher. Certains *petoys* abattirent des petits arbres en bordure du chemin, les débitèrent et consolidèrent d'une structure d'essieux les pieds d'une baraque inachevée. Avec des cordes tressées, ils dressèrent aussitôt un abri et placèrent nos tentes près d'un rideau de feuillage.

Abraham alluma le feu avec une bougie, trois pierres placées en triangle et de la sève de *chipodek*. Quand les premières feuilles attisèrent les flammes, des fourmis affolées sortirent des fleurs desséchées. Il tailla à la machette une fente au milieu d'un rondin. Il lima les deux bords pour qu'ils aient la même hauteur et, retournant le bois, aplatit la surface. En une demi-heure, il construisit un petit banc à deux pieds rectangulaires, qu'il appela *aponoik*, et sur lequel il s'assit.

La conversation se déroula au bord du feu. On posa au milieu une marmite dont l'anse fut fixée à une branche suspendue, dans un carré fait de bûches. Abraham mâchait une sorte de tubercule blanc qu'il enfermait dans sa main et que je pouvais apercevoir, parfois, quand il faisait un geste en ouvrant ses doigts.

À ses côtés se tenait Miguel, un grand *petoy* au corps déformé par le travail, les dents écartées, les yeux tristes. Il avait le visage calciné par le soleil et les traits fatigués. Je regardai ses pieds qui ressemblaient davantage à des pattes d'iguane, brunies par le chemin et la marche, presque noires. Je lui demandai où il vivait.

— Kavak, près de Santa Marta.

Il parlait peu. Santa Marta était la plus grande ville qu'il connaissait. Elle comptait trente maisons de terre et une petite école qui ne faisait que le primaire. Six familles y cohabitaient en communauté fermée, faisant leur propre justice. Je lui demandai ce qu'il pensait acheter avec l'argent du portage.

— Du sel, du savon, des allumettes.

Je l'interrogeai amicalement sur sa famille, il ne répondit qu'une fois. Miguel fermait son visage, buté dans un mutisme. Sans me regarder, il plongeait régulièrement son doigt dans l'eau de la marmite pour en juger la tiédeur. Il remuait les braises, distrait.

La nuit était profonde. Je me séparai du groupe et trouvai une éclaircie pour uriner. Je passai mon corps au travers d'un taillis. Soudain, un son semblable à un reniflement attira mon attention vers les fourrés. Ce fut un remous de terre, une ondulation dans le feuillage. J'allumai ma lampe frontale et me penchai vers le bruit. Deux yeux rouges apparurent derrière les broussailles à un mètre de moi. Une tête poilue, grosse comme une mangue, bougea dans les branches. Je sursautai et tombai dans une injure. Mon geste brusque effraya la créature qui s'enfonça dans les bois.

Je revins essoufflé près du feu et racontai l'incident. Miguel fut le premier à se lever. Excité à l'idée d'une chasse nocturne, il fonça au galop dans les fourrés. Les autres *petoys* continuèrent de discuter avec un naturel qui me surprit. On l'entendit fouiller, à quatre pattes au milieu des feuilles, plongeant son bras jusqu'à l'épaule au fond des terriers. Enfin, il réapparut en tirant un gros rat par la queue.

— Regardez, c'est un *rabipelado*, regardez sa taille.

C'était un rongeur grand comme un chat, fort vilain, qui ressemblait à une sorte de coati, avec une queue pelée et grise, les pattes allongées, le dos voûté, à qui le pelage clairsemé donnait un aspect maladif. Il avait été attiré par l'odeur de nourriture. Nous l'éclairâmes pour mieux le voir. Il avait plusieurs rangées de dents, pointues et désordonnées, une gencive mauve et des moustaches courtes. Il ne se débattait pas. Il se tenait plutôt à l'écart, sans chercher à s'échapper, à la fois curieux et apeuré.

Miguel l'avait lâché et lui tapotait l'échine avec le dos de sa machette. Abraham, qui observait la scène depuis son banc, lui dit en espagnol :

— Ne lui fais pas mal.

Miguel posa la machette et s'adressa à l'animal :

— Tu es sauvé.

Des bruits derrière moi se firent entendre. Je découvris dans l'obscurité, autour de nos tentes, toute une famille de *rabipelados* qui encerclait notre camp. Ils s'approchaient subtilement, assaillaient nos sacs de vivres, cherchaient du fromage, sortaient du monde crépusculaire de la jungle. Miguel les coursait comme un chien fou. Ils se dispersaient, affolés par ses rires. Aussitôt, Henry et Daniel fermèrent la bâche et rangèrent la nourriture. Les *rabipelados* repartirent doucement, en débandade, dans la viscosité de la nuit.

Ce fut à cet instant qu'Abraham prit son *aponoik*, le petit banc, dans les mains, s'approcha de moi et me le tendit. Je l'acceptai avec surprise. Il s'assit de l'autre côté du feu, et me dit, tout d'un souffle :

— Un martin-pêcheur invite sa femme à pêcher dans un fleuve. Ils rament sur une pirogue jusqu'à trouver l'endroit idéal. Le martin-pêcheur grimpe sur une branche et attend que les *aimaras* [21] se rassemblent en dessous de lui. Avec son arc et ses flèches, il pêche plusieurs poissons qu'il jette au fond de son embarcation. Quand la pirogue est pleine, ils rentrent chez eux où ils font un grand banquet. La femme du martin-pêcheur raconte les astuces de son mari. Le *rabipelado* écoute l'histoire. Après plusieurs jours, il invite à son tour sa femme à pêcher dans le même fleuve. Ils rament sur leur pirogue. Le *rabipelado* monte sur une branche et pose son appât. Concentré sur les poissons, il oublie

---

21. Poisson des rivières tropicales.

la pointe de sa queue dans l'eau. Un immense *aimara* apparaît et, bondissant hors de l'eau, avale le *rabipelado*.

La forêt soufflait un vent frais. Abraham conclut, sans attendre ma réaction :

— Le *rabipelado* essaye d'imiter les autres, mais il n'a pas d'identité.

Je fus d'abord surpris par l'enthousiasme soudain de cet homme qui était resté mystérieux jusqu'alors. Cependant, dans sa voix, je sentis une pointe d'ironie envers moi. Je ne m'en inquiétais guère. Une seule question me brûlait les lèvres depuis des jours.

— Qui sont les *Kanaimas* ?

— En quoi cela t'intéresse ? me demanda-t-il.

— Je suis vénézuélien, répondis-je. Cela fait partie de mon identité.

Abraham fronça les sourcils. Avec un couteau, il tailla des copeaux d'écorce. Il fit un croisillon sur la tête d'une branche et en sortit quatre morceaux de bois qu'il jeta dans le feu.

— Quand tu abuses du *kumi*, tu deviens un *Kanaima*, dit-il lentement. Ils sont les gardiens de la montagne. Ils peuvent se manifester sous différentes formes, humaine, animale, organique. Ils peuvent même prendre le corps d'un touriste.

Et il pointa Marc qui s'était endormi contre un tronc, près de sa tente.

— Marc est un *Kanaima* ? m'écriai-je, surpris.

— Non, mais un *Kanaima* pourrait venir habiter son corps à tout moment.

Pour l'illustrer, il me raconta l'histoire d'un guérisseur et de sa femme, où il était question de remèdes et d'apparitions. Ils avaient pris un taxi pour se rendre à Boa Vista. Ils partagèrent le taxi avec trois créoles qui leur parlèrent en espagnol pendant le voyage. Or, avant de se quitter, l'un des créoles s'adressa à la femme dans un *pemon* parfait et lui révéla les ordonnances de médecine naturelle que seuls certains chamanes de Santa Marta pouvaient connaître. Abraham continua en pointant cette évidence :

— C'est un *Kanaima* qui s'est inséré en lui pour lui transmettre le nom des médicaments.

Je lui demandai si je pouvais écrire cette histoire sur mon carnet. Il jugea mon Moleskine avec une indifférence presque blessante.

— Comme tu veux, me dit-il.

Je commençai à dresser un glossaire des mots qu'il utilisait le plus souvent. J'observais qu'il prononçait l'« a » comme un « o » et l'« o » comme un « ou ». Pour chaque mot *pemon*, il devait me l'expliquer en espagnol afin que je note un équivalent en français. Cette double traduction me faisait perdre la forme originelle de ses propos.

— *Auyantepuy* signifie « la montagne du potiron ». C'est dans ces lieux que viennent se rassembler les âmes des morts, bons ou mauvais, et leurs esprits se réfugient dans les potirons.

La conversation se poursuivit comme un monologue. Je prenais des notes, sans lever le nez.

— Pour vous, grimper jusqu'au sommet est un sport, continua-t-il. Pour nous, grimper signifie avoir le courage de défier les *Kanaimas* à chaque traversée. Avant de partir, on consulte un chamane qui, par des oraisons et des invocations, juge des bons augures du voyage et annule les dangers du chemin.

Il tourna le regard vers le fleuve. Il mâchait toujours sa racine blanche et, de temps à autre, crachait un bout dans les flammes. La nuit était installée depuis quelques heures.

— Si Ronald a vomi du sang, c'est parce qu'il n'a pas respecté leurs règles.

Abraham parlait lentement. Ses histoires avaient une narration simple. Il ne connaissait de la beauté que son terroir, ses légendes et son mystère, témoignés par les hommes qu'il avait croisés dans les campements, battus de fatigue. Il savait la loi immuable, la jungle dominante. Son regard intelligent le ramenait aux seules dimensions de son peuple. Il avait un peu voyagé. Il connaissait les concessions de La Paragua, les plantations de tabac, et les chamanes de toutes les communautés qu'il nommait respectueusement *Usangoros*. Homme juste, il se préparait pour devenir capitaine de sa communauté.

— Ce sont les caciques d'autrefois, précisa-t-il.

Les capitaines étaient élus tous les cinq ans et leur activité consistait à trouver des financements du gouvernement pour servir les intérêts du village. Il en avait le calibre, le charme, le ton calme, la sagesse populaire. Il disait que son bonheur était de continuer d'aimer ce monde qu'il aimait déjà. Il chanta bientôt les beautés de la savane, qu'il appela « ma savane », et se montra sévère face aux nouvelles élites du pouvoir. Il murmura quelque chose que je ne compris pas, puis leva la voix :

— Le tourisme pourrait être un remède, me confia-t-il. Mais la mine sera toujours une maladie.

— La mine ?

Tout le monde était parti se coucher. La lune, haute au milieu du ciel, déversait une constellation d'étoiles laiteuses.

— Depuis très longtemps, des exploiteurs d'or viennent chercher les jeunes au village, me dit-il. Ils les embauchent très jeunes, tu vois, quand ils ont encore les poumons roses. Comme l'or naît au fond des fleuves, ils les font descendre à dix mètres en profondeur, sans bombes d'oxygène, pour déplacer une pompe à eau qui permet d'extraire le limon. Les jeunes quittent l'école, abandonnent le *conuco*[22]. Le vieux système colonial de recrutement n'a pas changé.

D'aussi loin qu'il se souvienne, il avait toujours vu des Blancs frapper aux portes des cases, se réunir dans une *licoreria*[23] pour fumer et boire. Ils proposaient aux jeunes une existence d'argent facile. La mine avait provoqué de profonds changements dans la vie sociale de sa communauté. Elle avait amené des différences de ressources entre des habitants qui n'avaient pas l'habitude

---

22. Système d'agriculture indigène.
23. Cave à liqueurs.

d'en avoir. Les champs se dépeuplaient et le prix de la nourriture augmentait. Il continua en secouant la tête :

— Les jeunes acceptent, que veux-tu. Ils veulent une moto, un portable, des vêtements neufs. C'est tout naturel.

Abraham fit cette remarque en agrandissant les yeux, en serrant le poing. Il cracha un morceau de racine, puis s'agenouilla devant le feu pour le nourrir. Je voyais, dans ce geste distrait, un geste plus profond, plus puissant, venant du cœur d'une culture. Abraham n'avait pas connu le portable, les vêtements neufs. Le paysage de son enfance avait été des hommes dans la plaine, mangeant dans leurs hamacs, se balançant du pied contre un pilier. Il avait toujours vu les traqueurs rentrer de la chasse avec des pécaris à l'épaule, des hoccos à pierre au plumage bleu, des tapirs rayés aussi lourds que des veaux. Il les avait toujours vus se passer une *tapara*, un vase fait de l'écorce du *totuma*, où fermentait un alcool à base de yucca amer.

Son récit me transportait. J'y retrouvais une éloquence sans longueurs, sans excès. Je notais tout ce qu'il me disait. J'étais à l'écoute des pulsations de sa voix, et ma langue apprenait le rythme de la sienne. Ses yeux avaient la couleur de l'ombre. La brume d'une difficile et solitaire existence s'était formée, épaisse comme une croûte, dans son regard, et rendait impossible d'y lire un sentiment.

Je sortis le rhum et nous servis deux verres. Il m'offrit une cigarette. Un coassement venait de la rivière.

Jungle

Le vide qui nous avait autrefois séparés à *Wayaraca*, deux jours avant, lui dans sa profondeur *pemon*, moi dans mon adoption française, c'est ce même vide qui nous rapprochait à présent en une langue commune. Il y avait une grande distance entre nous, mais je ne pouvais m'empêcher d'avoir une pensée pour un lointain ancêtre commun. Un étrange personnage qui serait un premier père, rassemblant en un organisme primordial la conséquence d'être moi et le désir d'être lui.

— Puisque les hommes sont souvent à la mine, ce sont les femmes qui portent l'héritage et la bonne santé de la communauté.

Il en parlait avec un mélange de respect et de crainte. Il me raconta qu'il avait connu sa femme dans les mêmes conditions que son père avait connu sa mère, lors d'un *mayu*. C'étaient des travaux communautaires où les hommes aidaient au labourage des *conucos* dans les hameaux voisins. Ils s'échinaient sous le soleil, torse nu, coupaient, fauchaient, nettoyaient les aisselles de tubercules pleines de bulbilles. Les femmes glanaient et cueillaient. Elles choisissaient les chairs jaunâtres, faisaient des petits tas dans une odeur d'amidon, remplissaient les gourdes. De village en village, de récolte en récolte, tout prenait les dimensions d'un cortège de séduction.

— Nos femmes sont fortes, me dit-il avec orgueil. Elles travaillent même le jour de leur accouchement.

Et je le vis faire un grand geste du bras qui enveloppait le campement, la rive du fleuve, la bâche ouverte, le feu entre nous, comme s'il eut invoqué toutes les femmes de sa savane.

Ce soir-là, je fus transporté dans l'écriture. J'y retrouvais l'emportement d'Abraham, la noble explication de son histoire. Aucune métaphore ne venait obscurcir son discours, aucune figure de style ne rompait la magie. C'était un appel aux sensations profondes de la nature. Je partis me coucher, épuisé, la tête pleine de fables indigènes, de feu de brousse, d'animaux et de légendes. Mais, avant d'entrer dans la tente, je posai une dernière question :

— Abraham, c'est quoi le *kumi* ?

Il me sourit pour la première fois. Puis, avec un geste lent, il ouvrit sa main pour me montrer la racine blanche qu'il mâchait depuis des heures.

— C'est ça, répondit-il.

Canyon Del Diablo

Le jour commençait à peine, mais je distinguais déjà dans la lumière de l'aube, éparpillés ici et là, des sacs éventrés et des traces de nourriture que les *rabipelados* avaient traînés pendant la nuit. Nous rangeâmes toutes nos affaires en discutant. On nous annonça qu'un des porteurs, Marco-Antonio, avait souffert de fièvre pendant la nuit. Nous crûmes perdre ce jour-là notre deuxième *petoy*, après Ronald. Celui qui devait le remplacer s'appelait Antonio. On nous avait dit qu'il était sorti de Kavak quelques jours auparavant, qu'il dormait dans les campements que nous avions dépassés, et qu'il devait nous rejoindre au niveau du *Kerepakupai Venà*.

Nous cuisinâmes des *dumpins*, des galettes d'origine hindoue faites à base de farine et de sel. Nous nous passâmes une confiture d'orange, du lait concentré, du café. Assis par terre, Henry nous donna à boire dans des verres en plastique. Il dressa le calendrier des jours à venir :

— *Neblina*, *La Cueva*, *Isla Raton*, *Canaima*…, énumérat-t-il avec une voix monotone.

Ces noms se suivaient les uns après les autres comme les mangues sur une grappe. Puis les syllabes de *Kerepakupai Venà* furent prononcées avec un mélange de fascination et d'inquiétude. L'image d'un exercice périlleux, entêté, passa dans ce nom. Elles résonnèrent au centre du groupe, comme un espace fait de longueurs, de chutes, de rappels fatigants, et j'éprouvai aussitôt l'impression pesante d'un ensevelissement. Déjà, je me voyais serré dans un baudrier au bord d'une terrasse sans fleurs, confondant les anneaux, incapable de comprendre le système des mousquetons. Je me voyais tenant la corde du mauvais côté, en proie à des vertiges, distrait par le vol d'un ibis. Je m'imaginais perdant mes appuis, le sol se dérobant sous mes pieds, basculant à la renverse. Et dans cette attente, les journées approchant, je ne pus m'empêcher de voir revenir en moi l'inquiétude sourde des rappels.

Au bout d'une heure, nous étions sur la piste. De *Dragon* à la cascade, on comptait vingt kilomètres : il nous fallut une journée entière pour y arriver. Un premier groupe de *petoys* s'enfonça dans la forêt, des sacs pendus au *guayare*, ouvrant le chemin à l'aide d'une machette. Là, la terre était si lourde que nos pas ne soulevaient pas de poussière.

Daniel marchait en tête de notre colonne, je le suivais. De temps à autre, il se mettait à courir au trot entre les arbres. Je l'imitai pour réduire la distance entre nous. Voyant que je le suivais de près, il s'arrêtait et reprenait un pas plus lent, sans donner d'explication. Quelques mètres plus loin, il se remettait à courir avec des gestes pressés, et je gambadais dans les fourrés pour le rattraper. Il s'agissait de me mettre à l'épreuve afin de juger mon état physique à ce niveau du voyage. Je fis un point d'honneur à lui montrer que mes forces étaient à la mesure des siennes. Mais, à un mètre de lui, il me fit un geste de la main :

— *Hermano*, j'aimerais aller aux toilettes, me dit-il. Laisse-moi m'avancer un peu.

Je me retournai pour voir si les autres suivaient. Trompés, Pierre et Marc avaient eux aussi couru pour nous rattraper.

Nous fîmes une pause contre un arbre éventré. On prépara un thé avec de l'eau de pluie sur le petit réchaud à combustible. On se passa deux tranches de pain et j'échangeai des cigarettes contre un carré de chocolat. Henry posa son sac, un bâton à la main. Il parla de cette longue marche avant d'atteindre la cascade du *Kerepakupai Venà* et partagea des anecdotes effrayantes sur les accidents d'escalade dans ses voyages précédents. Il se tourna vers moi en me pointant du doigt :

— Tu n'enlèveras jamais ton baudrier ou ton casque. Je serai irréductible avec les précautions de sécurité. Tu as déjà fait du rappel, n'est-ce pas ?

J'allais répondre quand Marc demanda :

— Combien de rappels ?

— Il y en a quatorze, précisa-t-il. Chaque rappel fait en moyenne quatre-vingts mètres. La cascade est si haute que nous mettrons deux jours à descendre. Il faudra dormir à mi-chemin.

— Nous dormirons suspendus à la paroi ? demandai-je, inquiet.

Henry passa sa manche sur son front, but de l'eau et poursuivit :

— J'ai toujours évité les rappels à la frontale. Nous essayerons d'atteindre une grotte. Nous ne conserverons qu'une ration de combat.

Il parlait avec assurance et respect, comme parlent ceux qui ont cueilli dans l'épuisement des années d'expédition. Entre deux branches, dans un carré d'arbres, un écureuil noir sauta pour attraper une noisette. Henry le suivit du regard. Il prit son appareil et s'éloigna du groupe pour photographier son premier écureuil de *tepuy*. Marc m'observa avec une pudique amitié.

— Tu n'as jamais fait de rappel, n'est-ce pas ?
— Jamais.
— Tu es dans la merde, me sourit-il.

Je le remerciai avec élégance. Il me fixa, sans me juger, avec un regard paternel.

— Être dans la merde a quelque chose d'héroïque, tu sais.

Je conservai depuis cet instant une appréhension secrète de la cascade, presque instinctive, enfouie en moi comme une souche. Sans attendre, je fus le premier à reprendre la marche. La piste ne fut d'abord qu'un long terrain vallonné qui arrivait parfois sur des plateaux où poussaient des fougères sèches. Les ondulations de cette région nous faisaient perdre de vue les distances entre chaque passage. L'herbe était couverte de rosée, si bien que nos pantalons furent mouillés au bout de quelques mètres. Le sol était engourdissant, creusé dans une faille séparant le fleuve et les plaques du Pico Libertador. Bien que la région fût plate, les dimensions du paysage nous faisaient atteindre des lignes de crête, des plateformes asséchées, et il fallait quelques heures pour remonter jusqu'à des cimes.

La marche devenait laborieuse. Personne ne parlait. Je ressentais une impression de vulnérabilité qui était d'autant plus angoissante qu'elle se prolongeait d'une façon indéfinie, sans offrir un horizon à atteindre. J'observais ces hommes habitués au campement, au sommeil des tentes, à la lutte des obstacles. Ils étaient solides, déterminés dans le chemin. Ils connaissaient des histoires de marcheurs, des accidents de sacs et de cordes, des affaires de semelles usées. Il n'y a rien de nouveau pour un trekkeur que le trek lui-même. C'est la sève commune à toutes les aventures. Je ne posais plus de questions, comme au début du voyage. À présent, à leur image, j'appréciais le silence du pèlerin et la solitude du moine.

Après une échappée entre des arbres, je distinguai des *moriches*. Je me souvins qu'ils annonçaient l'eau comme les lichens l'altitude. Deux kilomètres plus loin, une berge poussiéreuse protégeait un petit lac. Je bus à grandes gorgées l'eau de la surface, accroupi comme un crapaud, sans remuer la terre du fond. Des fruits lourds de jus ressemblaient à des poteries pendues aux arbres qui se craquelaient. Je tendis l'oreille vers le vent.

Il ne m'apporta que le bourdonnement des mouches, un feulement timide, le bruit lointain d'une gorge qui se déverse dans le vide.

Le pays changeait, mètre après mètre. Parfois, nous entrions dans une sombre forêt de *bonnetias* aux racines qui nous coupaient le passage. Certains troncs étaient si larges qu'un tour de bras n'aurait pu les enlacer. D'autres plus minces, presque fragiles, paraissaient nés d'un combat végétal pour conquérir la terre. On ressortait de ces bois à l'aveuglette. On arrivait sur une colline de fer, en plein jour, où des plaques laissaient voir un grès grossier, gris clair, comme une nuque de rhinocéros.

Je pensais à ces hommes qui avaient été les premiers à habiter la jungle. Ils avaient la peau tannée, la denture plus fournie. Il y a trente mille ans, peut-être, ces chasseurs de bisons avaient franchi le détroit de Béring, asséché par une baisse du niveau des mers, et avaient suivi leur gibier jusqu'au soleil, traversant Panama, vers les tropiques.

La faim les avait retenus près des rivières. Ils s'étaient abrités aux rives, en groupes isolés. Ils s'alimentaient de tubercules de manioc. Les femmes râpaient la chair des fruits, faisaient cuire la pulpe et en tiraient une farine au teint jaune. Comme le fleuve poussait du limon, il était possible de planter au bord de l'eau après les décrues. Ils semaient du maïs, des haricots, du yucca. Ils taillaient des pirogues dans un seul tronc d'arbre, creusé au feu dans un baobab, et coupaient le bois pour élever des pilotis. Les herboristes découvraient, pour la première fois, des plantes qui servaient pour la médecine. Les jeunes filles entraient dans les marécages. Elles revenaient les bras chargés de fibres de palmier bâche pour fabriquer des hamacs, des chapeaux, des cordes.

Aujourd'hui, je découvrais cette jungle comme eux l'avaient conquise, hier. Ils en avaient fait une demeure, leur domaine. Ils s'étaient enfoncés dans l'arrière-pays, en nombreuses caravanes, tandis que les enfants dormaient sur l'échine des buffles. Leur résistance était extraordinaire. Ils pouvaient pagayer pendant des jours, sans manger ni boire, ne se souciant pas des moustiques. Ils étaient habitués aux nœuds de biefs et de canaux. Ils savaient distinguer le pas du jaguar de celui du puma. Ils pouvaient faire la différence entre un terrier de tatou et celui d'un agouti. Ils reconnaissaient la trace des fourmiliers et nommaient près de deux cents espèces de papillons.

J'imaginais ces premiers peuples arriver à la Gran Sabana. Ils avaient été fascinés, mais farouches, devant ces montagnes chauves qui se dressaient de toutes parts. Elles ressemblaient à des grandes tables, disposées dans l'étendue de la plaine. Ils les avaient appelées : *tepuys*.

Les plus courageux s'y étaient aventurés. Ils étaient revenus bavards et fous, mêlant en profondeur leur langage et celui des broussailles. Ils parlaient de forêts serrées, de renards aux nez de tapirs, de fourmiliers gros comme des porcs. Ils disaient qu'au sommet un fleuve prenait les dimensions d'un gigantesque nid de serpents, fait d'arabesques et d'îlots, comme une couleuvre qui se traîne dans la forêt, bleue à l'horizon, s'enroulant sur elle-même, inscrite dans les premières heures du monde.

Ils disaient aussi que le fleuve se terminait par une chute d'eau spectaculaire. La cascade tombait à tout rompre, asphyxiée par sa propre puissance. Elle était si haute qu'elle finissait en poussière. Ils lui donnèrent le nom de *Kerepakupai Venà*, comme la langue d'une créature millénaire, pour concentrer dans ces syllabes tous les siècles de souveraineté minérale, de lutte organique, d'indépendance géographique.

Aujourd'hui, la montagne me montrait lentement son âge. Une angoisse montait en moi, vague et indéfinie, et les questions dans ma tête se mélangeaient dans une même interrogation que je ne parvenais pas à formuler. Des kilomètres s'ajoutaient dans mes mollets. Je descendais, je grimpais. Les guides me précédaient. Régulièrement, je demandais l'heure et constatais que le temps s'était alourdi. Je n'entendais que le bruit des brindilles cassées sous nos pas, des feuilles remuées, des talons frappant le sol. Je me laissais bercer par le souffle régulier devant et derrière moi, sortant de bouches fatiguées.

Après une interminable plaine sans ombre, le soleil commença à faiblir. Cette lumière verte annonçait le prochain campement. Le plateau se divisa tout à coup en bras de rivières et nous débouchâmes dans un paysage mouillé, fait de hautes broussailles qui resserraient la piste. Henry pointa une étendue plate dont la couleur rouge me surprit.

— Nous passerons la nuit là-bas, dit-il.

Je vis au loin, derrière nous, les *petoys* sortir des forêts, venant à notre rencontre. On s'installa sur les berges d'un cours d'eau où chacun put tremper ses pieds et se renverser en arrière. Certains *petoys* prirent place à côté de moi. Ils sortirent la tête de la courroie qui retenait leur charge. Nous fumâmes sans nous regarder.

Des nuages bouchèrent le ciel et, doucement, le jour se teint de nuit comme un buvard. Sous une bâche suspendue entre deux arbres, on alluma un feu. La journée se finissait autour des flammes, de la nourriture, des chaussures mouillées, des morceaux de conversation. Henry parla des kilomètres de marais que nous aurions à affronter le lendemain. Il me sembla les voir. Abraham se tenait à l'écart et notre dialogue ne se répéta pas. Il fut suivi d'un silence masculin qui nous installa tous deux, à une distance orgueilleuse, dans un mutisme entêté.

Je partis me coucher avant les autres. Cette nuit, je fus incapable de dormir. L'obsession de la cascade ébranlait mes sens, me tenait en éveil. La marche, dont je n'avais pas l'habitude, avait gonflé mes pieds. Je les posais sur mon sac, en hauteur, et me couchais en travers. J'entendais les autres bouger dans leurs tentes ou, plus loin, les *petoys* parler dans leurs hamacs. Parfois, l'un d'eux se retournait et secouait tout l'édifice de l'abri. Le son de la bâche roulait jusqu'à moi. Et là, les yeux ouverts pendant des heures, fixant les arceaux croisés de ma tente, je pensais à ce lendemain dangereux où nous devrions prendre un sentier qui se jetait dans le vide.

Neblina

Ce sentier n'était pas un sentier. Le chemin qui précédait le *Kerepakupai Venà* était noyé sous de longues steppes marécageuses et des palus d'un autre âge. Tout était gluant, boueux, plein de flaques de fange. Il était évident que nous approchions d'une chute d'eau nourrie par des sources souterraines. Les marais noyaient de moitié les plantes aquatiques et les buissons arborescents. Au milieu d'un brouillard épais comme du sable, on croisait des *clusias*, des *epidemdrum*, des *dyglosa mayor*, toute une végétation sans fruit que des étangs jaunes abreuvaient de mousse.

La marche reprit aussitôt qu'il fit clair. Dans les premières heures, nous utilisâmes des astuces pour éviter les marais. Des ruses et des passages nous éloignaient du chemin. Nous faisions de grandes boucles sur des roseaux piétinés qui nous servaient de barques. Souvent, un saut maladroit finissait dans la boue. Au début, on se raillait. Pierre filmait les catastrophes, les plaisanteries filaient dans toutes les langues. Daniel chantait des ballades créoles, des paroles de *boleros,* et s'engageait dans l'eau jusqu'aux genoux avec une perche. On l'imitait. Puis, les heures passant, chaque pas devint bientôt une entreprise pénible. Un silence s'installa. Il fit tout à coup très chaud. Il fallut boire du jus tiède. Nous prîmes de la distance et, en une heure, je fus seul pour le reste de la journée.

La fange atteignit très vite ma ceinture. Les marécages s'alignaient en lignes droites, à des centaines de mètres sans terre ni pierre, comme une autoroute de limon. Plus je marchais, plus je m'embourbais. J'avais trouvé un bâton avec lequel je m'appuyais pour progresser, à petits pas, lourdement, m'agrippant aux fougères en bordure.

Ce fut la pire journée. Il me fallut escalader des pentes de pierrailles herbeuses où baignait une odeur de résine. Mes jambes étaient toujours sur le point de m'abandonner. Je vacillais, déboussolé. Couvert de transpiration, les gouttes perlant la pointe de mon nez, les épaules épuisées, j'avançais en colère. Le sol était gras, le ciel s'était rapproché. Autour de moi, j'entendais le murmure soutenu des crapauds et des lézards, des libellules et des bourdons, dans une mystérieuse incantation. Sous mes pieds, un peuple de pièges, des milliers de mains, une force m'agrippait. Il me semblait que des ténèbres, au détour du jour, me tiraient vers le bas. J'avais l'impression étouffante de m'ensevelir dans cette région, luxuriante et sale, qui ne sait être que triste ou majestueuse.

Une révolte me prit. Je fus agité tout à coup d'une envie de courir. J'eus l'envie de déchirer la jungle, de mordre les troncs jusqu'à la sève, de m'engloutir avec elle. Je me dégageais avec irritation des feuillages épais à hauteur d'homme. J'ouvrais grand la bouche, comme si j'étouffais sous mon propre effort, un poids intenable pesait sur mes épaules, je ne pouvais sentir autre chose que l'odeur pourrissante de l'humus, le parfum insupportable des fleurs.

Je mis une journée entière à venir à bout des marécages. Je n'en garde qu'un souvenir amer. Des prés bourbeux, mangés de trous, des chemins creux et infranchissables, d'innombrables lagons qui font de la plaine un échiquier, et surtout, mille mares, dont la profondeur est incalculable, des fourches d'eau et des entrelacs de brumes. Je me souviens avoir pensé à l'égoïsme de la jungle. Chaque cellule cherche sa place individuellement, soucieuse de sa propre existence, constituée par opposition à l'autre. Chaque arbre, chaque fleur, chaque insecte combat pour survivre à la sélection, de haute lutte, ou pour atteindre le peu de lumière filtrée par la canopée. La jungle attaque le bois le plus résistant et le fer le plus solide. La pluie tombe parfois pendant des mois, finit par noyer l'humus et le sol se latéritise. Pendant les saisons sèches, le feu de brousse peut stériliser des régions entières. Je me souviens avoir pensé à la vanité des forêts, à son enfer vert, à la guerre qui s'y cache.

Après de grandes fatigues, je parvins à une bande en saillie où le chemin avait disparu. Je vis Daniel, essoufflé sur la rive du *Kerepakupai*, se rouler une cigarette. Je compris que j'étais arrivé au bout du sentier. Sans saisir précisément quel sentiment m'habitait, je fus attiré instinctivement par l'eau. Daniel essaya de me retenir, en vain. Il racontera plus tard que j'avais marché vers la rivière, en murmurant des phrases incompréhensibles, et que je m'étais déshabillé en chemin, laissant une traînée de vêtements derrière moi.

Je me jetai dans la rivière. Je me laissai porter doucement par ses flots, sans soupçonner qu'ils se déversaient dans une chute, *Venà* [24], quelques mètres plus loin. L'eau, claire et froide, me redonna de l'espoir. Aucune barque n'avait apprivoisé ses écumes. Aucun navire n'avait été construit sur ses rives. Cette rivière avait connu des hommes qui étaient arrivés à pied, indigènes, capitaines, explorateurs, trekkeurs. Elle portait le germe de nouvelles conquêtes.

Une silhouette se tenait debout sur la rive, en me fixant. C'était un homme que je n'avais jamais vu. Il ne bougeait pas. Son regard était mêlé de méfiance et de curiosité. Je me demandais comment il était arrivé aussi vite à la source. Daniel et moi étions les premiers. L'eau jusqu'au nez, je fis un mouvement doux, sans violence. L'homme n'eut aucune réaction. Calme dans son territoire, il semblait m'inviter à m'approcher du rivage. Ses yeux prirent une expression de quiétude que je confondis avec de l'impatience.

Je compris qu'il s'agissait d'un *Kanaima*. Cette apparition habitait le jour d'un monde onirique où se rassem-

---

24. Chute, en langue pemon.

blaient, au milieu d'embruns et de ramages, toutes les projections de mon imagination. Je tentai d'apercevoir un signe de sa part, une main tendue. Mais il restait là, immobile, debout sur la rive, cohérent dans sa création.

Sans hésiter, je marchai vers lui. Lorsque je fus à un mètre, je lui demandai calmement :

— *Quien eres*[25] ?

Le *Kanaima* me tendit la main amicalement.

— Je suis Antonio, répondit-il avec un sourire.

À ses côtés se tenait un sac d'où dépassaient des cordes et des baudriers pour la descente en rappel. Antonio était le *petoy* qui avait été appelé quelques jours auparavant pour remplacer Ronald. C'était un jeune homme dans la vingtaine, bien constitué, le visage lisse, sur qui les difficultés de la jungle n'avaient pas laissé d'empreintes.

— Ce sont les affaires de Ronald, continua-t-il. Il les a laissées sur le chemin du retour… Il se sentait mal… Il n'a pas eu le temps de les porter jusqu'au village.

Il lui avait semblé poli de me saluer à son arrivée au campement Neblina. Il me dit qu'il avait fait connaissance de Marc et de Pierre sur la route. Je sortis de l'eau. Je le touchai pour m'assurer qu'il était bien réel. Et en marchant vers le camp, je ne pus m'empêcher de sourire de ma propre maladresse, innocente mais sotte, au souvenir d'Abraham, convaincu de n'être finalement pas si éloigné du *rabipelado*.

---

25. « Qui es-tu ? »

Kerepakupai Venà

En 1927, le capitaine Felix Cardona Puig accosta sur le littoral vénézuélien avec un bateau lourd de marchandises. C'était un Catalan, né à Barcelone, dans une famille de tisserands qui exportait des textiles dans la Caraïbe. À 24 ans, il traversa l'Atlantique jusqu'au port de La Guaira pour rencontrer le représentant commercial de sa compagnie, Juan Mundo Freixas. Or, à cette époque, le pétrole avait été découvert depuis près de dix ans, dans l'État de Zulia, et attirait des entreprises du monde entier pour l'achat de concessions. La croissance du textile diminua considérablement, si bien qu'il fallut trouver une autre affaire rentable. C'est ainsi que, de la rencontre de ces deux hommes, naquit un projet plus vaste, plus déchirant, plus aveugle : celui d'explorer le bouclier guyanais où s'ouvraient les portes d'un monde vierge.

Ils partirent de San Pedro de Las Bocas, remontèrent le Caroni jusqu'au Cucurital, et établirent un campement pour redescendre par le versant nord-ouest de l'Auyantepuy. Les voyages se succédèrent, échouant tour à tour. On dit que Cardona Puig finançait ses expéditions avec la vente de diamants tirés des rives du Caroni. Ils essayèrent d'escalader le talus de la montagne, puis continuèrent de remonter le fleuve jusqu'au grand Salto Otoanda ou Tobararima, sur une distance de près de trois cents kilomètres.

En quelques années, ce bourgeois catalan, que l'infortune des textiles avait poussé à l'exil, devint un explorateur de la jungle dont il écrivit les lois. Il apprit à manier la pagaie des pirogues, analysa la formation des courants, nota les longitudes. Sans être linguiste, il s'initia au *pemon* jusqu'à le parler couramment. Sans être géographe, il dressa des diagnostics territoriaux. Il établit des cartes à la force de ses pas, observa les étoiles, et s'il ne se doutait pas des grandeurs infinies que contenait ce paysage, il avait du moins la sensation confuse de comprendre les beautés minuscules qui la composaient.

Felix Cardona Puig fut le premier Blanc à atteindre le Pico Libertador, le sommet le plus élevé de l'Auyantepuy, grâce à des indigènes qui le suivirent dans sa folie. La légende veut qu'il ait ébauché une carte. Il la transmit à Gustavo « Cabulla » Heny, un chercheur d'or de Guyane, qui trafiquait des pierres précieuses dans les villages alentour.

En ces temps, la Gran Sabana fourmillait de bandits de grands chemins, d'une multitude invisible de garimpeiros et de brigands, de gauchos et de bagnards. Ce furent les épopées de café et les ruées vers l'or. Les cités minières étaient si fréquentes que, sur les rives de

Canaima, on payait les pourboires en monnaie étrangère. La jungle voyait passer des chercheurs d'argent, des exploiteurs de fève tonka, des fabricants de latex et des coupeurs de balata. Hier comme aujourd'hui, la richesse des uns se bâtissait sur la misère des autres. L'or ôta ses bras à l'agriculture. Il dépeupla les champs, laissa les terres sans hommes, déshabitua les familles du travail méthodique et discipliné. Le caoutchouc provoqua un génocide sur les berges du Río Negro. La coumarine anéantit des peuples entiers autour du Caroni. À la Gran Sabana, nul ne venait pour habiter, on venait pour s'enrichir.

Parmi ces hommes se trouvait un pilote appelé Jimmy Angel, un États-Unien, qui fut attiré par le récit d'un royaume d'or au sommet de l'Auyantepuy. Il travaillait comme guide aviateur dans la compagnie minière de Santa Ana de Tulsa. Il était petit et robuste, taillé comme un tambour, les cheveux très noirs, son profil ressemblait vaguement à celui d'Al Capone. On lui connaissait un penchant pour l'alcool et les rousses.

La carte du Catalan Cardona Puig, offerte à Gustavo « Cabulla » Heny, lui tomba dans les mains. Elle changea le cours de l'histoire du dernier homme qui chercha El Dorado. Ce pilote du Missouri, à l'aube de sa trentaine, se mit à survoler pendant deux ans l'ombre de la montagne à bord d'un Flamingo. L'avion était lourd de tentes, de matériel de tournage, de lampes, de cordages, de nourriture, armé de quatre cent cinquante chevaux de force, tout entier de métal, avec une capacité de huit places. C'est cet avion si moderne qui se pose sur la préhistoire de la géographie vénézuélienne, le 9 octobre 1937, pendant une expédition de fortune. Ce jour-là, Jimmy Angel, accompagné de sa femme et de deux hommes, manqua un banc d'atterrissage et s'écrasa sur la cime du *tepuy*. Le nez de l'avion resta enfoncé dans la fange. Il ne fut retiré que trente-trois ans plus tard.

Ils survécurent miraculeusement. Ils cherchèrent en vain les richesses du fleuve Caroni, mais le sommet de la montagne n'était qu'un paysage lunaire, composé de roches cendrées et de fougères sèches, où il n'y avait d'or que des pépites de soleil. Grâce à la carte de Cardona Puig, ils trouvèrent une route pour descendre. Près de deux semaines plus tard, ils atteignirent la vallée où se dressait le village de Kamarata. Sans avion ni trésor, Jimmy Angel nia la défaite. De retour à Caracas, il dédia sa vie à tirer fortune de cette aventure.

Des mois durant, il ne cessa de relater la même histoire de cascade à des journalistes. Les géologues ne trouvèrent aucune mesure vérifiable. Les aviateurs furent sceptiques. On dit que la drogue des voyageurs est l'addiction à la fable. Il fallut attendre dix ans pour qu'un relevé topographique confirme qu'il s'agissait bien de la chute d'eau la plus haute du monde, pour que ce nom d'*Angel* soit pour la première fois inscrit dans les tables de l'Histoire, publié dans les magazines à grand tirage, et traverse le siècle. Un hasard extraordinaire associa tout à coup ce nom à un *ange* plaçant ainsi, au même niveau, l'histoire d'un chercheur d'or et celle d'une divinité. Un journaliste écrivit le titre : « Un ange est tombé sur la montagne du Diable ». Et le nom s'imposa, plus que par l'exploit de son porteur, par sa puissance phonétique.

Salto Angel est un nom flottant, lyrique, imaginaire, parfait pour indiquer un territoire inconnu et fascinant, une figure blanche qui vole au cœur des ténèbres. Les peuples aiment prêter à leurs héritages des noms que la mémoire peut retrouver sans peine. Ainsi, Jimmy Angel, cet homme qui n'avait rien pour devenir immortel, pilote parmi les pilotes, signa son immortalité avec un accident. La gloire le jeta à la vitrine du monde : il ne le dut qu'à un choix du destin.

Car, dans le récit qu'il en fait, il ne donne jamais clairement les mesures de pilotage et les indications sur la carte. Devant ses biographes, il ne parvient jamais à prouver sa participation dans la Royal British Flying Corps Ace de la Première Guerre mondiale, ses combats aux côtés de Lawrence d'Arabie ou les services rendus à un prince chinois. Rien n'est vérifié. Cet homme héroïque dont on admire le courage n'est peut-être qu'un Amerigo Vespucci, un Érostrate. Jamais un accident d'avion n'a été raconté avec un tel émerveillement, répété avec autant de détails, porté aussi loin dans les journaux, que le crash de ces êtres au milieu de la jungle. Si la tour de Babel fut élevée sur un malentendu, le *Salto Angel* naquit d'une mésaventure.

Cependant, la redécouverte de l'*Auyantepuy* et de sa chute d'eau eut un tel impact que le président dicta un décret pour faciliter son exploration. Le gouvernement mit en place des expéditions qui regroupaient des militaires, des archéologues, des professeurs d'écoles doctorales de géographie et de sciences naturelles. Des savants vinrent de loin pour s'enfoncer dans la jungle. On traça des projets de développement, on fit des barrages, on classifia les plantes. Bien que chaque homme ait représenté une discipline différente, ils semblaient guidés par la même volonté de se réapproprier une identité nationale. Ils discutaient les longitudes, remués par une énergie encyclopédique, compilaient des monographies, puis rentraient chez eux en bateaux, chargés de cages de *morrocoyes*[26], d'échantillons de terre et de cloches d'insectes.

L'histoire de l'homme commence par la terre, et la terre commence par elle. C'est pourquoi, aujourd'hui, on ne peut réduire cent quatre-vingts millions d'années de formations minérales à l'arrivée accidentelle d'un avion et au récit d'un pilote. La mémoire invite tout voyageur à nommer le *Salto Angel* de son vrai nom, *Kerepakupai Venà*, comme la résistance d'une langue éteinte, afin de rendre hommage à tout ce qui existe en tant que merveille, avant d'exister en tant que découverte.

---

26. Tortue charbonnière à pattes rouges.

Rappel

Le lendemain des marécages, notre bivouac fut levé très rapidement. Deux jours de rappel nous attendaient, le long de la chute, jusqu'à atteindre le fleuve *Churum*. Je sortis de ma tente en dernier, affamé, déjà apeuré. Je remarquai que l'abri que nous avions bâti la veille était entièrement effondré. Toute la nuit, le vent avait tiré sur les haubans et les ficelles étaient sorties des œillets de la bâche. Or, nul ne semblait s'en inquiéter. Les *petoys* avaient mis à rôtir, sur des braises, au bord de la rivière, des quenouilles de maïs. Les guides discutaient sans se soucier. Je compris que personne ne relèverait le refuge, je compris qu'à l'image des mots du pays on n'avait pas le sentiment d'éternité, de postérité, et que les cabanes qu'on construisait pour la nuit disparaissaient aussitôt qu'elles étaient dépeuplées.

Le café encore à la main, on me pressa pour partir. On vida nos sacs pour ne garder que le minimum. On se partagea la pharmacie, les bouteilles d'eau, la nourriture, le matériel d'expédition. Bien que nous n'ayons pris que le nécessaire, nos charges étaient lourdes. Daniel sortit les cordes et, avec minutie, s'assura qu'elles n'avaient subi aucun effilochage, aucune coupure, aucune abrasion.

Tandis que les autres enfilaient leurs baudriers, je m'approchai du groupe de *petoys*. Je fis mes adieux avec courtoisie, ils m'offrirent un épi grillé. Je tendis ma main à Abraham. Il me la serra et, avec un naturel viril, on se prit dans les bras. À cet instant, un martin-pêcheur surgit au-dessus des frondaisons de la rive, dans un vol rapide, et traversa la rivière pour s'effacer sur l'autre berge. Je crus y voir un signe de notre lointaine conversation. Aussitôt les embrassades finies, on se tourna le dos et, sans se regarder, chacun s'enfonça dans son chemin solitaire.

Nous ne fûmes que cinq à repartir vers la chute, Pierre, Marc, Daniel, Henry et moi. Les *petoys* firent le chemin de retour. Notre colonne s'engagea à travers les tiges bruyantes et un long frémissement passa entre les feuilles. Nous marchâmes une demi-heure pour atteindre la terrasse où se trouvait le premier point d'ancrage afin d'installer les cordes.

À notre arrivée à ce premier relais, je découvris une large plate-bande, entièrement découverte, qui montrait en une vue spectaculaire la Gran Sabana à nos pieds. La cascade aspergeait la forêt, mille mètres plus bas. Devant moi, rien que le vide. On ne distinguait pas l'horizon. Il n'y avait là qu'une mer d'arbres où des écumes de végétation descendaient en pente. De ce monde, tout m'était étranger.

Marc me coiffa d'un casque de chantier antichoc, me serra dans un baudrier et y suspendit des descendeurs mousquetonnés. Pendant qu'il armait mon matériel, il me donnait des conseils à la volée :

— Ne bondis pas sur la corde. Elle pourrait se casser. Mais ne descends pas trop vite non plus. Elle pourrait chauffer. Amortis le choc en la laissant filer dans son frein. Évite les arêtes tranchantes, ne mets pas le doigt dans ton descendeur. Garde toujours les pieds à plat le long de la paroi et rentre tes sangles pour éviter les accrochages.

J'acquiesçais, sans comprendre. Je sentis une sorte de terreur monter le long de mon corps. Je me surpris à frissonner devant Marc, des pieds à la tête, comme si les paroles que je venais d'entendre précipitaient dans mon cœur des présages de malheurs. Il posa son appareil sur une pierre et prit une photo, en plan large, pour ne rien perdre de cet instant. Me voyant pétrifié, il me rassura :

— Rien à craindre, dit-il. De toute façon, la chute est mortelle.

Puis, il se prit en *selfie* avec la cascade. À cet instant, Henry arriva près de nous. Déjà trempé de sueur, il m'expliqua qu'il avait installé une corde statique afin de prévenir les remontées au Jumar, une poignée autobloquante.

— Daniel sera le premier, décida-t-il avec son calme habituel. Tu passeras en deuxième pour que Pierre puisse te filmer à la descente.

— J'aimerais passer en dernier, dis-je à mi-voix, mais les regards qui se tournèrent vers moi me firent comprendre que j'avais hurlé.

— Non, répondit Henry. C'est moi qui passe en dernier.

Aussitôt dit, il fit un double nœud simple et lança deux brins de corde de même longueur qui se perdirent dans le brouillard. Daniel passa la sangle de rappel dans un anneau métallique. Il se mit à pied d'œuvre, me jeta un baiser provocateur, puis disparut en se déplaçant par petits rebonds sur la paroi. Quelques minutes plus tard, on entendit un cri venu du bas :

— *Libre !*

Marc glissa un coude de corde dans mon mousqueton et me poussa amicalement vers le précipice. Mon cœur battait à grands coups dans ma poitrine. Timidement, je demandai qu'on détournât le regard pour me laisser seul dans mon premier rappel, à l'abri des jugements. Les autres baissèrent les yeux. Plus j'avançais, plus j'étais gagné de vertiges. Quand je fus au bord de la falaise, je me tournai vers les autres. Tous les trois me prenaient en photo, en faisant mine de regarder ailleurs.

Je me penchai en arrière, au-dessus du vide, j'écartai les pieds et fléchis les genoux, comme on m'avait dit de faire. Je m'élançai si gauchement dans l'abîme que je me mis à rebondir contre les pierres, tournant sur moi-même, pendulant le long du rocher. Les cordes s'emmêlèrent, si bien que je dus demander à grands cris qu'on me remonte.

On me tira vers le haut. Au sommet, je ne voulais pas lâcher la corde. On me réexpliqua le mécanisme de blocage, on réajusta mon harnais. Marc murmura : « Regarde où tu mets les pieds », puis, sans attendre, me jeta une nouvelle fois dans un couloir vertical. Je glissai le long de la paroi en faisant des signes de détresse. Trente mètres plus bas, je basculai dans une brèche et mon sac resta coincé entre deux pierres. Sans jamais lâcher la corde de ma main d'arrêt, je tirai avec la gauche pour le libérer quand, au-dessus de moi, un piaillement attira mon attention.

Un nid de faucons était construit au-dessus de ma tête, dans un renfoncement protégé du soleil. Trois petits oiseaux se penchèrent et me regardèrent depuis le bord avec une curiosité enfantine. Ils n'avaient pas peur. Incrédules, ils m'observaient en silence. Ils avaient les mêmes feuilles que moi accrochées aux cheveux, les mêmes égratignures, la même résolution de dompter la paroi. Eux aussi apprenaient à voler. Tout à coup, des lichens me firent glisser et je tombai dans le vide. Un surplomb apparut, je blessai mes tibias avec sa lèvre et me retrouvai suspendu, comme une araignée au bout de son fil, sentant mes doigts s'ouvrir sous le harassement des muscles.

Une brume se leva d'un coup et m'enveloppa d'une manière aussi rapide qu'inattendue. Aussitôt je fus pris d'une panique, ne voyant plus la corde, les pieds dans le vide, égaré dans une éclipse de ciel. Je me souvins brusquement de l'après-midi de Wayaraca, quelques jours auparavant, où je m'étais perdu au milieu des bois, et qu'Abraham m'avait découvert sur un lit d'humus et de ronces. D'emblée, je reconnus la peur qui m'avait paralysé et dont les blocages me menaçaient encore. Je me hâtai d'empoigner mon descendeur et glissai avec précaution. Je pénétrai peu à peu cette nuée aveuglante lorsque je sentis, sous mes semelles, une surface fragile où je pus poser la pointe de mes pieds.

Je demeurai en équilibre sur cette étroite corniche. Je marchai doucement à reculons pour accéder au dévers. Mais, alors que j'atteignais le bord, je sentis la roche se rompre sous mon poids. Je ne pus dégager ma jambe d'un entremêlement de lianes et la charge de mon sac me tira vers l'abîme. Je roulai vers le vide dans un nuage de poussière et de fleurs arrachées lorsque, dans ma chute, la corde claqua fort et m'arrêta brusquement dans l'air.

Le baudrier me serra les cuisses et m'endormit les jambes. Mon sac rebondit sur une bosse et s'enfonça profondément dans une fente du rocher. Comme j'avais mal aux articulations des mains, mes poignets se tordaient et je dus changer de bras pour continuer à freiner. Je me sentis abruti par le soleil et le vertige. La corde pesait presque vingt kilos. La boue, l'eau, le grès, le quartz ensablé, tout l'alourdissait. Ce jour-là, je n'eus dans la bouche que des injures.

Quelques minutes plus tard, je vis une sente où je distinguai Daniel qui m'attendait. Là, sur les bords du fossé, encore fangeux et humide, il n'y avait nulle trace de piétinements ou de semelles. En touchant le sol, je posai mes fesses sur mes talons. Mes pieds s'enfoncèrent. Je me débarrassai de mes gants et, me tenant à une roche toute proche afin de prévenir une glissade, je l'insultai généreusement. Daniel m'aida à retirer mon mousqueton et cria vers le haut, le cou tordu :

— *Libre !*

Il joua dans ses mains avec une *hélyamphora*, une plante insectivore, allongée en une tige vermeille et poilue. Sifflotant un air de valse, il me tendit sa bouteille d'eau en souriant :

— Tu vois, me dit-il, le premier rappel est le plus facile.

La Cueva

Toute la journée se déroula avec ces longueurs de rappel. Les premiers cinq cents mètres de descente durèrent à eux seuls sept heures. Les relais variaient. Tantôt on atterrissait sur des corniches, tantôt sur des saillies étroites. Parfois, il nous fallait nous mettre debout sur nos sacs pour tenir ensemble. Comme la pierre n'offrait aucune prise, on se vachait grâce à des plaquettes installées sur la roche.

Daniel tirait la corde qui était restée sur la vire précédente, faisait aussitôt un nœud au bout et la relançait dans le vide. De temps en temps, autour d'un arbre, on distinguait des anneaux de secours qui avaient été laissés à l'abandon par des anciennes cordées, pleins de terre, accompagnés de mousquetons rouillés. Daniel m'expliquait comment couper les vieilles sangles et en installer une nouvelle pour notre descente. Il reliait deux cordes par un nœud double, en laissant un demi-mètre de libre pour l'empêcher, plus tard, de se bloquer sur les arêtes. Parfois, elles s'emmêlaient entre des branchages verticaux, quelques mètres plus bas. Daniel descendait alors jusqu'au point de blocage et pour éviter un accident, selon sa formule, il « relovait les brins », avec une patience admirable, en suspens.

Pierre m'impressionnait aussi. Avec son matériel de tournage, ses optiques, ses affaires au dos, son trépied de côté, il glissait avec grâce, sans se plaindre. Il lui arrivait de se tordre pour nous filmer d'en haut, sécurisé par trois tours de corde autour de sa jambe. Je le vis même cueillir un fruit qui se trouvait sur une strate lointaine, en pleine descente, comme s'il avait été à la portée de sa main.

Au bout de huit longueurs de rappels dans la journée, la lumière commença à faiblir. Nous trouvâmes un abri sous un surplomb, une grotte taillée par l'érosion, qui nous servit de camp intermédiaire.

Henry l'appela La Cueva. C'était une terrasse couverte, dénivelée en perchoirs, où des bancs de sable faisaient un matelas. Un renfoncement assez profond permettait à un seul adulte de s'allonger. La caverne était rouge, marron, violette. Pour le reste, des roches en grès ouvraient des petites plateformes qui séparaient des niches où nous pouvions nous asseoir. Des feuilles sèches, ici et là, se mêlaient au sol avec nos casques et la cascade tombait en un seul bond, à cent mètres, dans un brouillard qui la couvrait comme une chevelure.

Daniel déplaça des écailles de pierre pour faire un muret. Il nous conseilla de faire des rations d'eau et d'ôter la boue glissante de nos chaussures. Il disposa deux Tupperware où il avait conservé des pâtes au thon, cuisinées la veille, et distribua des fourchettes.

Jungle

À mes pieds, un amas de fleurs mauves remua et une chenille apparut en sortant de la terre, poussant son corps comme un accordéon. Elle avait une tête couleur de noix, des taches blanches ourlées de flammes, des pattes pareilles à des gants. Elle ressemblait un peu au grimpeur que je tentais d'être. Et comme moi, à l'orée d'un chemin, elle ne possédait pas encore les ailes aux pourtours gris mouchetées d'or qui devaient lui permettre d'explorer les plus hautes parois, les ailes vaporeuses et gigantesques du papillon que j'avais vu dans la grotte de Yuruan. Comme moi peut-être, elle se réveillerait demain transformée en une autre créature, céleste et légère, pour prendre enfin un chemin qui ne mène nulle part et qui, pourtant, semble se satisfaire d'exister.

Nous mangeâmes en parlant peu. La conversation devint clairsemée, entrecoupée de longs silences où, parfois, des ronflements résonnaient. Cette dernière journée nous avait épuisés. Daniel s'assit à mes côtés, contemplant le plateau. À l'aide d'un petit bâton, il joua à retourner la chenille puis, pointant l'abîme, me demanda :

— Tu vois les petits toits gris, là-bas, près du fleuve ?

Au début, je ne vis rien. Mais soudain de minuscules constructions humaines se dessinèrent au milieu du paysage. Au loin, sur une parcelle pelée près de la rive, des maisonnettes longeaient les berges, perdues dans un désastre d'arbres. Un bruit continu de rapides, en amont, enveloppait cette image.

— C'est *Isla Raton*, continua Daniel. Nous y serons demain soir. On va enfin pouvoir boire cette bière fraîche.

Je n'avais pas entendu le mot *bière* depuis quinze jours. Il résonna en moi avec une nostalgie que je croyais uniquement réservée aux grandes passions amoureuses. Daniel continua :

— À *Isla Raton*, tu pourras trouver des livres pour ton écriture.

— Ils ont une bibliothèque ?

— Mieux que ça, répondit-il.

Il se retourna, ferma les yeux et s'endormit. Nous nous couchâmes sans tentes, l'air pour drap. Je m'installai à l'écart, entre deux grosses pierres, et posai ma tête contre un tronc. La jungle serrée, magique, impénétrable, laissait passer au milieu de ses bois, comme une veine, le fleuve *Churum*. J'entendais les râles du *Kerepakupai Venà* qui, dans le silence du campement, prenaient les dimensions tragiques et sublimes d'un chant.

La nuit tomba, sans crépuscule. Comme je levais mon regard pour m'assoupir, une lumière pâle m'emplit brusquement les yeux. Le ciel était blanc. Chaque étoile étincelait d'une clarté plus vaste qu'elle-même, déteignant sur les autres, et on eût dit qu'un bol de lait s'était déversé dans le firmament, rayonnant, bruissant. Jamais je n'ai vu le ciel comme cette nuit-là, sans lune, sans obscurité. C'était au loin un bûcher d'astres et de navires cosmiques. Là se tenait le naufrage d'une autre expédition.

Je sortis mon carnet, mais je ne parvins pas à écrire. Nul récit ne peut donner comme la jungle la mesure des grandes entreprises humaines. J'aurais aimé noter ces sombres étincelles qui m'entouraient. J'aurais voulu que mon livre ne tienne qu'en une seule ligne, pour ne rien ajouter à ce qui était déjà écrit. Si peu de voyageurs avaient fait ce chemin, si peu de témoignages avaient été rédigés. Je ne pouvais m'aider de rien. Et en repensant au chemin parcouru, à la forêt dévorante, à la voix de la cascade, je fus envahi par quelque chose de plus grand que moi. Je fermai mon carnet devant l'autorité des étoiles. Je reposai ma tête contre le tronc et demeurai là, les yeux ouverts, à regarder cette lumière blanche, en me posant la même question, sans savoir précisément laquelle.

Isla Raton

AU MATIN SUIVANT, nous devions atteindre le pied de la muraille, puis marcher trois heures jusqu'à *Isla Raton*. Les derniers rappels étaient plus courts, mais coupaient au travers de forêts verticales. Pour arriver au point suivant, on devait s'écarter de la ligne prévue et descendre en diagonale, afin d'éviter les jardins suspendus. On cherchait les dalles lisses, le dos des dévers. Chaque relais nous conduisait sur des lieux en saillie, des promontoires d'un accès difficile, où l'on voyait la vallée du Diablo à des lieues à la ronde. Lorsqu'on atterrissait sur ces belvédères, Henry passait en revue les techniques de sécurisation grâce à du matériel neuf. La paroi était éclatante. Le vent avait sculpté les brèches jusqu'à en faire des canyons. J'observais avec une étrange sensation l'architecture de la montagne, couverte de rides vieilles de mille ans, la ride de l'eau, la ride de la pierre, la ride de la feuille, la ride de l'écorce, et j'avais l'impression inquiète qu'il s'y dérobait un sens caché.

À la fin des rappels, on s'arrêta sur une pente protégée d'où nous pouvions prévenir les chutes de pierre.

Henry arriva en dernier et tira aussitôt la corde pour la récupérer. Il regarda la forêt sauvage.

— Il n'est pas là…, murmura-t-il.
— On est arrivé trop tôt, dit Daniel.
— Non, il n'est pas venu. Voilà tout.

Essoufflé, je demandai de qui on parlait.

— José Camino, répondit Henry. Il devrait être ici pour nous aider à porter les cordes. Elles sont lourdes et on a encore de la marche.

— Il devait être ici avec les bières ? m'inquiétai-je en le cherchant des yeux.

Marc s'avança en tirant sur ses sangles. Il prit la corde la plus lourde et la cala entre sa nuque et son sac.

— Je suis arrivé ici sans lui, dit-il. Je continuerai sans lui.

— Quoi qu'il en soit, on n'a pas le choix, répliqua Henry en chargeant la deuxième corde.

Pendant ces dernières heures, avant *Isla Raton*, la forêt nous offrit une terrifiante diversité de courbes de niveau. Sans carte topographique ni signalisations, nous luttâmes une journée entière contre des pentes, tantôt douces, tantôt fortes, qui finissaient dans des goulottes, des centaines de mètres d'humus, des crêtes arrondies. Les formes de relief étaient imprévisibles. On se passait les cordes, chacun à son tour. Il nous semblait que le versant de la montagne finissait dans un déboulement incontrôlable de désordres géographiques, un flot incommensurable de végétation explosive, un excès de la nature.

Nous ne prenions pas de pauses. Sans en avoir parlé, on s'accordait instinctivement à croire qu'il fallait à tout prix en finir avec ces derniers kilomètres de broussailles. Nous cherchions le passage des animaux, la trace des rivières, le tronc des arbres couchés. La jungle était si accidentée que, souvent, je voyais Henry prendre un itinéraire en hauteur pour y trouver une éclaircie. On évitait le fond des vallées, on préférait les lits taris. De longues traversées terminaient devant un éboulis qu'une large bande séparait du sommet. Henry nous conseillait de poser nos pieds sur les épiphytes qui, selon lui, étaient indice de stabilité.

Vers 15 heures, à bout de forces, alors que je m'échinais sur les derniers mètres, je sentis sous mes semelles un terrain aplati. La surprise d'une surface lisse, nue, nettoyée, me fit reculer. Je m'arrêtai, frappai le sol et vis devant moi, vaste comme une autoroute, un chemin aménagé pour les touristes.

Je compris que nous étions arrivés à la voie qui mène à *Isla Raton*. Derrière moi, j'entendis des voix. Entre deux cordées d'arbres, je vis s'avancer un couple de jeunes Blancs, sans doute venus de la capitale, portant des casquettes, des lunettes de soleil et des chaussures propres. La jeune fille me fit un sourire. L'homme m'interpella amicalement :

— D'où viens-tu ? me demanda-t-il.

Je mis un temps à répondre.

— D'Uruyén.

Il parut surpris.

— C'est de l'autre côté de la montagne, s'exclama-t-il. Tu es venu à pied ?

Je ne répondis pas. La jeune fille n'avait pas attendu et l'homme partit à sa suite. Je continuai mon chemin. Le passage se resserrait parfois entre des bosquets d'*helechos*[27] et la pénombre l'effaçait. Je prenais des raccourcis que je devinais au coude du chemin lorsque, au bout de quelques mètres, loin du sentier, je vis une forme noire bouger au cœur d'un arbuste. Je m'approchai doucement. Un homme apparut, recroquevillé dans les feuilles, le visage contracté, la bouche sèche. Me voyant, il sembla soulagé et se releva aussitôt en me serrant dans ses bras.

— Je crois que je suis perdu, s'empressa-t-il de dire. Sais-tu où est le chemin ?

Je l'observai avec l'autorité d'un explorateur. Et calmement, avec ce même geste qu'avait eu Abraham à mon égard, quelques jours auparavant, dans les bois de Wayaraca, je pointai le tournant de la forêt comme une évidence :

— Il n'y a qu'un seul chemin, déclarai-je.

---

27. Fougères arborescentes.

José Camino

Isla Raton était un campement qui se composait de plusieurs cases rectangulaires, rangées en ligne, les unes derrière les autres, comme un troupeau de chèvres. Elles se dressaient à la confluence des fleuves *Churum* et *Kerepakupai*, près d'une plantation d'ananas, au toit de zinc et aux piliers verticaux, entre lesquels pendaient une centaine de hamacs aux couleurs vives. Ici et là, des huttes en torchis étaient couvertes de chaume, des auvents s'ouvraient en feuilles de cocotiers et des volières de perroquets, entourées de palissades, interprétaient une symphonie animale qui s'accordait avec les bruits de la rivière.

Des groupes de touristes venaient de tous les horizons pour y être oisifs. Des indigènes veillaient à ce qu'ils ne s'occupent de rien. Au matin, avant l'aube, les hommes allaient cueillir des baies sur le haut des palmiers. Des artisans fabriquaient de la vannerie qu'on utilisait pour le commerce, ornée de nœuds et de roseaux. Des *curiaras* [28] entraient et sortaient d'un petit port d'amarrage,

---

28. Pirogue.

chargées de quartiers de poulet ou de porc, tandis que des canards, gros comme des dindons, se promenaient librement entre les fruitiers. Dans de minuscules serres, des pousses de yucca attendaient leur repiquage. Faute de frigo, on noyait des bouteilles pour les garder fraîches dans un sac en plastique noir, calé entre deux pierres au fond du fleuve.

Notre case, Kavak, faisait face à Parakaupa, la seule infirmerie à des kilomètres à la ronde, où il n'y avait pas de malades depuis cinq ans. Lorsque nous y arrivâmes, on puait la jungle comme le cheval pue l'écurie. L'odeur de ce pays nous avait saisis. Son mystère, sa grandeur, les apprentissages cachés, la couleur de la boue et des marais s'était confondue avec la nôtre. On nous conduisit jusqu'à une large *churuata* qui s'élevait après un sentier râtelé.

C'était une bâtisse en bois, recouverte d'un toit de palmes à deux pentes, avec un sol de terre et des piliers polis qui formaient un couloir. Un homme au fond se leva. Un profil se découpa et José Camino, long et maigre, nous reçut avec de grands sourires. Il devait avoir la quarantaine. Il avait les cheveux longs jusqu'aux coudes, des boucles d'oreilles et ce regard vif qu'on retrouve chez les natures impatientes.

— *Hermanos*, dit-il pour commencer, *bienvenidos al paraiso*[29].

---

29. « Frères, bienvenue au paradis. »

Il exprima une admiration exaltée pour notre exploit. Bien qu'il fût loin de la mer, il était vêtu selon la mode des surfeurs. Il portait un maillot de bain à fleurs jaunes, des lunettes de soleil résistantes au sel et un collier où s'enfilaient deux dents de caïman. Une machette pendait à sa taille dans un baudrier en écharpe.

— Ça fait vingt ans que je vis ici, dit-il en ouvrant ses bras pour montrer la jungle autour de lui. Je suis de Caracas. Mais il faut être fou pour vivre là-bas. Alors, j'ai changé Sabana Grande [30] pour la Gran Sabana.

Comme tout Vénézuélien, il était d'un tempérament facile et d'une grande légèreté dans les manières. Un chien l'accompagnait partout. Il finissait souvent ses phrases avec des rires libertins ou des accolades familières. Vingt ans auparavant, il s'était perdu dans la savane pour faire souche avec une femme indigène. Avec le temps, il avait élevé un cloître autour d'un lopin de terre, retranché de son passé dans la fertilité d'une vie nouvelle, et s'était livré au plaisir de le partager. Homme ingénieux, il y avait vu un tourisme à exploiter. Il vivait à présent avec une paire d'*alpargates*, du tapioca et des dollars. Il dormait trois fois par jour, fabriquait son propre pain et, habitué à se guider avec le soleil, évitait l'ombre.

— On reconnaît un homme au chemin qu'il a fait, dit-il en posant sa main sur mon épaule. Et maintenant, je sais ce qu'il vous faut.

---

30. Quartier central de Caracas.

Il nous fit nous asseoir autour une longue table, faite de plusieurs tables collées les unes avec les autres. Un jeune homme apparut avec cinq bières à la main : un silence religieux passa entre nous.

On nous servit un poulet *en vara asado* qui avait été cuisiné dans un espace derrière une petite cabane en terre cuite. De jeunes indigènes, hommes pour la plupart, avaient disposé des brochettes en cercle autour d'un feu et y avaient épinglé des poulets qu'ils retournaient négligemment en parlant de football.

José Camino occupait la conversation. Il s'exprimait en digressions et en gestes théâtraux, avec la force onirique des grands récits. Il ne parlait que debout, dressé au sein de cette folle exubérance, comme s'il avait été le premier homme à habiter la nature. Il ne comptait jamais que sur le jour qu'il était en train de vivre, et ne s'inquiétait guère sur celui qui était à venir. Tandis qu'il racontait ses aventures, il désherbait les allées, coupait les fleurs fanées, ratissait les feuilles. Il prenait soin de son pays avec maternité, attentif aux bruits et aux sursauts, et bénissait la terre en embrassant le sol.

Chez lui, il y avait tant de fourmis qu'on conservait les restes de nourriture dans une boîte qui flottait au milieu d'une bassine d'eau. La cuisine, peinte en blanc, se trouvait au centre du campement. Contre le mur, quatre bombonnes de gaz, un balai, un vieux réchaud, une brouette et des glacières. Près de la table, une araignée à dos argenté, grosse comme un poing, dormait entre deux feuilles d'aloès. Sa toile avait une forme en X. On m'expliqua que ses filaments étaient cinq fois plus résistants que l'acier. Impressionné, je passai toute l'après-midi à regarder cette créature comme un tableau qu'on ne comprend pas et, précisément pour cela, qu'on cherche sans cesse à revoir. José Camino m'avait soulagé, en pointant l'araignée :

— C'est Roberta. Rien à craindre. Elle ne te mordra pas. Elle a horreur des lundis.

Peu à peu, les touristes arrivèrent en bande. Ils posèrent leurs affaires en grand tumulte. Tous portaient des chapeaux de paille et des baskets, des sacs légers et des têtes de bananiers qu'ils avaient cueillies en chemin. José Camino les interpellait en différentes langues. Il avait parfois des éclats de rire contagieux qui faisaient sourire même ceux qui se trouvaient de l'autre côté du campement, timides et farouches, séduits par la vitalité de son allure.

La chaleur laissa place à une lueur verte qui annonça la nuit. Les hamacs se remplirent, les touristes s'endormirent dans la tiédeur du soir. Comme je ne trouvais pas le sommeil, je m'installai à la table, le carnet ouvert sous mes yeux, les pages encore blanches.

À un moment d'ennui, José Camino parut sur le seuil de la *churuata*. Il me servit une bière que nous partageâmes en deux verres. Aubergiste, il avait le talent d'être parmi ses hôtes sans déranger, ni trop intime ni trop étranger, parlant à voix basse. Il fit la chronique de sa vie, raconta des choses plaisantes, touchant à ceci et à cela. Voyant mon carnet, il me demanda avec une affectueuse raillerie :

— Inspiré ?

Je fermai mon carnet, honteux.

— Pas vraiment, répondis-je.

— Qu'est-ce que tu voudrais écrire ?

— Ton paradis, dis-je en pointant la forêt.

Il se tut. Dans l'obscurité, je distinguais son profil. Il avait les traits tirés, la posture assurée, les épaules relâchées par le poids des tropiques. Il n'avait pas besoin d'expliquer ce qui était évident. Les variétés locales étaient cultivées sans engrais chimiques, ensemencées avec des levures sauvages. On ne coupait pas l'herbe, on ne ramassait pas le foin pour l'hiver, on ne trayait pas les vaches dans des étables. Les vertus du travail étaient livrées aux caprices de la terre. Il n'y avait pas de gras dans ce poème végétal. Ici, la rhétorique était vieille de deux milliards d'années. Faute de livres, on lisait dans le paysage une connaissance initiale, une œuvre première.

José Camino avait détaché ses cheveux qui tombaient sur ses épaules. Il sourit et but une gorgée de bière.

— Je ne sais pas comment on écrit un livre, *hermano*, me répondit-il avec l'humilité de ceux qui lisent peu.

Puis, se ravisant, avec une forme de considération dans la voix, il continua :

— Mais je sais qu'on jette la graine là où on veut que l'arbre pousse.

Il conclut sa phrase avec une inclinaison de la tête. La jungle l'avait éveillé à cette simplicité que les voyageurs interrogent dans leur solitude. Il avait le teint hâve, le geste distrait, et tout en lui rappelait qu'il n'était attaché à cette terre que par un hasard de l'amour. Soudain, il se souvint de quelque chose.

— J'allais oublier, s'exclama-t-il tout à coup. Daniel m'a donné ça pour toi.

Il sortit de sa poche un bout de papier chiffonné. Je l'ouvris lentement. À l'intérieur, écrit en grand, sur une marge, je pus lire : *Bière à Isla Raton*. Et je me souvins de la conversation avec Daniel, au cœur de la première muraille, quatorze jours auparavant, sur la vertu magique de l'écriture.

— Tu vois, murmurai-je à José Camino, Daniel a su raconter notre voyage en quatre mots.

Dans cette nature foisonnante, dans ce baroque naturel, je me dis qu'il y avait là la graine d'un texte plus élémentaire, plus court, plus rudimentaire, dans lequel demeurait encore le terreau des mots. Une odeur de mangue m'enveloppait. Et à cet instant, suspendu dans un temps terrible, je découvris peut-être que sans avoir écrit, sans même avoir ouvert mon carnet depuis des jours, j'avais déjà commencé un récit dont je saisissais peu à peu l'épaisseur et le parfum.

Canaima

Au matin, nous montâmes sur une *curiara* qui devait nous emmener, après trois heures de barque, à Canaima, notre dernière étape. C'était une embarcation allongée, taillée à la hache, sur des couffes à fond plat, dépassant les dix mètres, sans quille ni mât. Elle était relevée vers l'avant, afin d'être tirée aisément sur les plages, et la coque ne s'évasait pas en poupe. Comme les clapots de la rivière étaient furieux, les bords étaient assez hauts pour éviter les gerbes d'eau. Elle avait chauffé au soleil depuis l'aube, pendant deux heures, si bien que les bancs de bois conservaient encore cette tiédeur de braise granuleuse qu'on retrouve au cœur des bûchers indigènes.

Nous chargeâmes des provisions, des bidons et des fûts d'essence, tout un micmac de marmites et de paniers, arrimé entre nos jambes. Nous pûmes nous tasser sur des bancs transversaux, le dos contre les paquetages, en ligne avec des marchandises, des tonneaux et le chien de José Camino.

Deux piroguiers nous conduisaient. Le premier se tenait à la barre, à l'arrière, dirigeant un moteur qui avait remplacé autrefois le gouvernail et qui laissait à présent des taches moirées sur la surface. Le second était en proue, une lourde rame à la main, les jambes écartées, donnant de grands coups de pagaie pour orienter la barque. L'eau était sombre, riche, terreuse. L'étrave ouvrait un sillon qui se refermait aussitôt derrière nous. Le *Churum* déroulait ses flots impénétrables, nus, et je demeurais longtemps silencieux devant ses courants d'huile noire, conservés dans de lointains éthers, qui avaient offert à Rómulo Gallegos et à Arturo Uslar Pietri leurs plus belles pages.

Notre moteur était le seul bruit de la forêt. Nous passions par de petits canaux plus ou moins larges semés d'écueils et de bauges. Autour de nous, le tissu d'une jungle géante, comme une frange de verdure, barrait des rives où il était impossible d'accoster. À le voir, il semblait que, du *Kerepakupai Venà* jusqu'à l'océan, par un bras gigantesque, c'était le ciel qui se déversait dans l'Atlantique.

On se passa une bouteille de *kachiri*, un alcool fort qui me racla la gorge. Les cheveux au vent, José Camino me raconta que, pour le préparer, il fallait d'abord tisser un *sebucàn*[31] pour presser le yucca rayé et ensuite extraire un venin laiteux. Il disait que le *kachiri* se buvait en compagnie d'une femme, et je vis ce grand diable rire avec des dents en argent, bronzé jusqu'où le soleil ne le touche pas, habité par la force ténébreuse de cette région.

---

31. Outil fabriqué en lianes de mikania.

Daniel se retourna et me tendit la bouteille avec une autorité bienveillante.

— Tu te souviens des livres dont je t'ai parlé ?

J'acquiesçai en levant la bouteille.

— Les voilà, dit-il en pointant le ciel.

Vingt toucans passèrent au-dessus de notre tête, à un tournant de la forêt, volant bas. Ils sortirent du ventre obscur des palétuviers, à notre gauche, pour pénétrer l'autre bord, à droite, en grand tumulte. Deux hirondelles nous ouvraient le chemin. Un *oripopo*[32] au bec rouge, grand comme un charognard, tournait dans le ciel, affamé de nous. Je vis un *sorowa*, de la famille des quetzals, voler doucement jusqu'à la lisière de la jungle, des cigales aquatiques et même une *guacamaya*[33] qui, dans un désordre de plumes, se posa sur le rebord de l'embarcation pour nous montrer sa langue noire.

Chaque goutte retournait à l'océan comme le mot à sa phrase. Le paysage donnait à la beauté ses premières lois. Il nous offrait un refuge où le vacarme du monde, qui vacillait et grondait à la fin du fleuve, ne nous parvenait que comme un poème lointain.

Le navire quitta le cours du *Churum* que nous suivions depuis le matin pour s'engager dans le Carrao. Bien que nous ayons installé des bâches près des rebords, nos affaires étaient toujours mouillées. La marée était si haute que, sans le savoir, nous avancions sur la cime

---

32. Grand urubu.
33. Ara.

d'arbres noyés. On fit quatre heures de pirogue et, dans ce dernier voyage, j'assistai à l'affrontement de la langue et de la jungle. J'avais voulu, au cours du trekking, arracher les mots à cette terre, comprendre la voix de cette solitude, résoudre l'énigme. J'avais marché à l'écoute d'un univers dont les mutismes m'avaient tantôt passionné, tantôt tourmenté. Et là, dans le vacarme de cette dernière étape, je pus enfin écrire.

Tout en buvant du *kachiri*, je mis mes pieds à chauffer, sur le rebord, allongé à la perpendiculaire, une serviette au dos, le carnet sur mes genoux. De tous les moments de calme que l'aventure m'avait offerts, je choisissais le moins commode. Dans cette pirogue, je n'avais pas besoin de travailler mes phrases. Elles étaient pleines de tout ce qui m'avait précédé. Ce n'était pas de l'écriture, c'était une dictée. Le récit semblait modelé par les épreuves affrontées, les fatigues subies, les colères contrôlées. Ce récit était le résultat d'un autre récit, écrit par parcelles, jour après jour, suivant un calendrier sur le dos d'un carnet, barrant un chiffre chaque matin, lui-même né de grands efforts et de lourdes tolérances, lui-même bâti sur un aveu dont chaque ligne porte une confidence.

Le voyage se finissait sur l'eau. Il disait nos épreuves, la magie, la quête et le sens. Je me laissais porter par le rythme du *Churum*, nourri lui aussi de sources parsemées. Ses fontaines venaient des hauts plateaux, du lointain Uruyén, elles portaient l'odeur de la grotte de *Yuruan*, peuplée de papillons géants, du roseau tordu de Wayaraca, des flots troubles du Penon. Elles commençaient là où dorment les chasseurs de *rabipelados*, où l'on célèbre la messe au rhum. Toutes ces eaux renvoyaient nos efforts à leur histoire. Nous descendions le *Churum* et c'était comme descendre dans nos propres rappels, c'était sentir à nouveau le feu du *pemon*, les vertes profondeurs de Neblina, les pupilles d'Abraham. Ainsi, le fleuve était à l'image de mon récit, construit en amont, dans un premier effort pour réunir sa matière. Il s'agissait là d'un achèvement, une forme de discrète plénitude, une jouissance immobile dont aucun heurt, aucune barrière, aucun sursaut n'interrompait la marche.

Je savais que dans quelques heures nous devions arriver à Canaima, une ville de près de deux mille habitants, vivant essentiellement du tourisme. Je savais que nous verrions des maisons construites par le gouvernement, d'autres élevées sauvagement, sans papier de propriété, du linge pendu aux ficelles, des haies de fleurs aménagées. Je savais que je distinguerais, devant une chapelle, des pépinières protégeant des jacinthes, et au milieu, une statue agenouillée du Christ dans ses dernières prières, les genoux écorchés, les coudes en sang.

Mais je savais aussi que personne, là-bas, ne saurait ce qu'on avait vécu. C'est dans ce silence que nous évoquerions la beauté discrète de la jungle. Qui connaîtrait les noms d'Auyantepuy, Wayaraca, Dragon, La Cueva ? Qui saurait que derrière ces noms se cachent des chaînes de montagnes, des secrets à déceler, des trésors inconnus ? Des grandes expériences humaines,

Jungle

il ne reste, le plus souvent, que des reliefs de mémoire, des exilés de l'oubli, tout baigné d'une lumière avec laquelle, aujourd'hui, je cherche à m'éclairer. Tant que je pourrai écrire, il me faudra en parler. Tant que je pourrai écrire, je mettrai mon courage au service de cet alphabet, sombre et sublime, pour errer autour des mots avec la terre et ceux qui l'habitent.

Du même auteur

NAUFRAGES (nouvelles), éd. Quespire, 2012
ICARE ET AUTRES NOUVELLES, éd. Buchet Chastel, 2013
LE VOYAGE D'OCTAVIO (roman), éd. Rivages, 2015

Table des matières

Jungle 7
La Paragua 9
Uruyén 17
Première muraille 23
Wayaraca 31
El Peñon 39
Pico Libertador 45
Dragon 51
Abraham 57
Canyon Del Diablo 69
Neblina 79
Kerepakupai Venà 85
Rappel 91
La Cueva 99
Isla Raton 105
José Camino 109
Canaima 117

Achevé d'imprimer par Ermes Graphics
à Turin (Italie) en décembre 2015
Dépôt légal : janvier 2016
ISBN : 978-2-35221-153-2